Schlaganfall

Schicksal
und
Herausforderung

Irmgard Elsholz

Für alle von einem Schlaganfall betroffenen

Leidensgenossen

Herstellung und Verlag: Books on Demand GmbH, Norderstedt
ISBN 3-8334-5097-5

Inhaltsverzeichnis

Vorwort

„Apoplex mit linksseitiger Lähmung", lautete die Diagnose des Notarztes, bevor ich mit einem Krankenwagen in das nächste Krankenhaus gebracht wurde.

Am Dauertropf auf der Intensivstation liegend, ahnte ich glücklicher Weise noch nicht, was für schwierige Zeiten mir und somit auch meinem Mann bevorstanden und wie viel Geduld der lange Weg einer Rehabilitation den von einem Schlaganfall getroffenen Menschen abfordert! Während ich in früheren Jahren nach mehreren großen Operationen jedes Mal nach drei bis vier Wochen meine tierärztliche Tätigkeit wieder aufgenommen hatte und - wenn auch geschwächt - wieder da anknüpften konnte, wo ich zuvor aufgehört hatte, sollte ich nunmehr am eigenen Leibe erfahren, dass nach einem Gehirntrauma, denn darum handelt es sich ja bei einem Schlaganfall, alles völlig anders ist .... !

Durch einen in der Ärztesprache als „Apoplex" bezeichneten Schlaganfall, werden bei den betroffenen Personen als Folge einer im Gehirn aufgetretenen Blutung oder Thrombose unterschiedlich große und wegen der mangelnden Blutzufuhr nicht mehr genügend Sauerstoff erhaltende Gehirnareale für immer zerstört und somit zahlreiche Nervenverbindungen jäh unterbrochen, was für Außenstehende durch unvermittelt auftretende Lähmungs- und andere Ausfallserscheinungen erkennbar wird.

Glücklicher Weise ist auch der menschliche Organismus bemüht, entstandene Schäden, so gut es geht, zu kom-

pensieren. So vermögen, falls das Ausmaß der Gehirnschä-
digung nicht zu groß ist, von intakten Hirnarealen aus-
gehende Nervenbahnen infolge ihrer unzähligen netzartigen
Querverbindungen und Verknüpfungen so nach und nach
die Funktion der ausgefallenen Areale teilweise oder
vollständig mit zu übernehmen.

Voraussetzung hierfür ist jedoch, dass - den Rückkoppe-
lungseffekt nutzend - durch gezielte krankengymnastische,
ergotherapeutische und logopädische Therapien sowie durch
eigene Übungen die noch intakten Hirnareale immer wieder
angeregt werden, über bereits vorhandene Vernetzungen
möglichst viele der alten, durch den Schlaganfall unzu-
gänglich gewordenen Bewegungsmuster zu reaktivieren,
dem „nervalen Langzeitgedächtnis" einzuprägen und somit
jederzeit abrufbar zu machen

Auf dieser Chance, die es therapeutisch zu nutzen gilt, be-
ruht die große Hoffnung aller Schlaganfallpatienten!

Ob und wieweit diese körpereigenen Reparationsvorgänge
gelingen, hängt jedoch nicht nur von dem Sitz und dem
Ausmaß der Gehirnschädigungen, sondern auch von der
Persönlichkeitsstruktur der Betroffenen ab. Wer sich nicht
aufgibt und im Rahmen seiner Möglichkeiten immer wieder
an sich arbeitet, wird - so die Erfahrung der Therapeuten -
mehr Fähigkeiten wiedererlangen als ein von seiner Veran-
lagung her überwiegend passiver oder ein infolge eines
besonders schweren Hirntraumas völlig antriebslos gewor-
dener Mensch, wobei für das seelische Gleichgewicht und
die so überaus wichtige Motivierung der Betroffenen neben

der fachkundigen psychologischen Betreuung das häusliche Umfeld eine wesentliche Rolle spielt.

Bis zu meinem Schlaganfall war mir nicht bekannt, dass das „Wiedereinschleifen" bestimmter Bewegungsabläufe sowie das Wiedererlernen anderer verloren gegangener Fähigkeiten nicht nur Wochen, oder Monate, sondern sogar Jahre dauern kann und der Prozess der Rehabilitation nie als abgeschlossen betrachtet werden soll!

Dies zu erfahren war für mich bedrückend und tröstlich zugleich. Einerseits war ich hinsichtlich der voraussichtlichen Dauer dieser Vorgänge zunächst sehr erschrocken, andererseits half mir meine neu gewonnene Erkenntnis, gänzlich neue Zeitmaßstäbe anzulegen und in den Phasen der Stagnation, in denen ich keine weiteren Fortschritte bemerkte, nicht zu resignieren.

Die viele Menschen gesundheitlich enorm belastende extreme Hitzeperiode des Sommers 2003 - den Schlaganfall hatte ich im April erlitten - warf mich derart zurück, dass ich in jenen Wochen trotz aller Informationen und trotz der vorausgegangenen Erfolgserlebnisse zum ersten Mal so richtig verzweifelte.

Auch meinem holländischen Krankengymnasten war dies nicht entgangen. Obwohl er überzeugt war, dass ich mit Besserung der Großwetterlage wieder sehr schnell mein vorheriges Leistungsniveau erreichen würde, riet er mir, eine Art Tagebuch anzulegen und darin stichwortartig jeden noch so kleinen Fortschritt aufzuzeichnen. Falls ich wieder einmal mutlos werden sollte, könne das Durchlesen dieser Notizen mir enorm helfen, sehr viel bewusster als bisher auf das trotz der vielen Rückschläge bereits Erreichte zurückzuschauen und weiterhin voller Zuversicht in die Zukunft zu blicken. Seine Argumente leuchteten mir ein und ich begann unverzüglich, seinen Rat in die Tat umzusetzen.

Wie von ihm nicht anders erwartet, haben mir diese schwarz auf weiß festgehaltenen, jederzeit abrufbaren Erinnerungen in späteren kritischen Situationen enorm geholfen!

So ließ die chronologische Dokumentation meiner Fortschritte deutlicher als alles andere erkennen, dass sich mein Leistungsstand trotz der vielen Rückfälle von Monat zu Monat ständig ein wenig verbesserte, weshalb es mir immer häufiger gelang, auch an schlechten Tagen dankbar und gelassen nach vorne zu schauen.

Ein weiterer aber nicht minder wichtiger Nebeneffekt meiner Tagebuchführung war, dass ich durch die wiederholte Überarbeitung der von mit gemachten Notizen mein durch den Schlaganfall und seine Folgen bedingtes seelisches Trauma weitgehend mit aufarbeiten konnte.

Wie die meisten Betroffenen war auch ich zunächst nicht in der Lage, das ganze Ausmaß und die Tragweite dessen, was mit mir geschehen war und mich wie ein Blitz aus heiterem Himmel getroffen hatte, zu begreifen und setzte wie sie meine ganze Hoffnung darauf, irgendwann wieder „so wie früher" werden zu können.

Als einige Zeit später mir und einigen anderen Leidensgenossen während einer in der Reha durchgeführten Gruppentherapie auf eine durchaus mitfühlenden aber unmissverständlichen Weise klar gemacht wurde, dass wir auf Grund unseres Hirntraumas dieses Wunschziel nie würden erreichen können, war das für uns alle ein gewaltiger Schock, mit dem jeder für sich erst einmal fertig werden musste!

Dem bewährten Motto meiner Mutter: „Jammern nützt nichts!" folgend, nahm ich mir fest vor, alles in meiner Kraft Stehende zu tun, um auf dem Weg der Rehabilitation so weit wie möglich voran zu kommen und so selbständig wie irgend möglich zu werden.

In diesem Zusammenhang erhielt die fernöstliche, Konfuzius zugeschriebene Weisheit: „Der Weg ist das Ziel" für mich plötzlich eine ganz eigene Bedeutung.

Nachdem ich während des folgenden Jahres meine Aufzeichnungen immer wieder ergänzt und auf den aktuellen Stand gebracht hatte, überreichte ich als kleine Dankesbezeugung meinerseits meinem holländischen Krankengymnasten eine Kopie des bis zu diesem Zeitpunkt fertiggestellten Berichtes, da ohne seinen guten Rat das vorliegende Tagebuch niemals geschrieben worden wäre.

Als mein Ergotherapeut sich ebenfalls für meine Dokumentationen zu interessieren begann, erhielt auch er eine Kopie meiner Niederschrift. Zu meiner Überraschung waren beide Fachleute unabhängig voneinander der Meinung, dass ich durch eine Veröffentlichung dieser ursprünglich nur für mich gedachten Aufzeichnungen nicht nur anderen Schlaganfallpatienten, sondern auch ihren Angehörigen Mut machen könne.

Erleben zu müssen, wie infolge eines Hirntraumas aus einem vitalen, lebensfrohen Ehepartner, Elternteil oder eines anderen nahe stehenden Menschen innerhalb weniger Stunden ein schwerbehinderter, hilfloser Mensch wird, ist immer eine erschütternde Erfahrung!

Doch nicht nur das! Auch die gesamte Lebenssituation der betroffenen Familien wird durch einen derartigen Schicksalsschlag in einschneidender Weise verändert, wobei alle möglichen Zukunftspläne wie ein Kartenhaus zusammenstürzen können.

Darum ist jeder einzelne Schlaganfall ein unerwartetes dramatisches Ereignis, ein schicksalhaftes Geschehen, welches sowohl für den Betroffenen als auch für seine Familie eine enorme psychische Belastung und Herausforderung darstellt!

Wie viele Menschen hatten auch mein Mann und ich keine Ahnung, welche Schwierigkeiten während und nach meiner in einem Rehabilitationszentrum verbrachten Zeit auf uns zukommen würden.

Darum war es für uns beide enorm hilfreich, an Hand der von der *Stiftung Deutschen Schlaganfallhilfe* angebotenen Kurzberichte oder der von ihr empfohlenen Bücher zu erfahren, wie andere Betroffene mit dieser Situation umgingen.

Während ich mich erleichtert fühlte, in den Berichten anderer Schlaganfallpatienten viele meiner eigenen Nöte, Ängste, Wahrnehmungen und Erfahrungen wiederzufinden, gewann mein Mann durch diese Lektüre ein sehr viel größeres Verständnis für meine Schwierigkeiten und mancherlei anscheinend unmotivierten Reaktionen, die so gar nicht meinem früheren Verhalten entsprachen.

Da wir unter dem angesprochenen Schrifttum nur wenige Langzeitberichte entdeckt hatten, beschloss ich - nicht zuletzt auf Grund unserer eigenen positiven Erfahrungen - der Anregung meiner Therapeuten zu folgen und die an mir gemachten Beobachtungen ebenfalls der Öffentlichkeit und somit anderen Schlaganfallpatienten und ihren Familien zugänglich zu machen.

Unter diesem für mich völlig neuen Aspekt überarbeitete ich meinen Bericht noch einmal dahingehend um, dass ich ihn in eine „leserfreundlichere" Form brachte, ihn um einige zuvor unerwähnt gebliebene Erfahrungen ergänzte, zu ausführliche Passagen straffte und alle Namen sowie allzu Privates aus dem Text entfernte.

Indem ich in dem nunmehr vorliegenden Buch schildere, wie mein Mann und ich die auf meinen Apoplex folgenden eineinhalb Jahre von der Frührehabilitation bis in die Zeit der allmählichen Wiedereingliederung in den häuslichen Alltag erfuhren, möchte ich anderen Schlaganfallpatienten und ihren Angehörigen an Hand meiner Erlebnisse eine ungefähre Vorstellung vermitteln, wie schwierig und mühsam sich das Wiedererlernen der innerhalb von Sekunden verlorengegangenen Fähigkeiten für einen halbseitig gelähmten Menschen gestaltet. Außerdem möchte ich dartun, mit welchem Glücksgefühl jeder noch so kleine Fortschritt verbunden sein kann, aber auch wie viel liebevolles Verständnis, Geduld und Kraft das in vieler Hinsicht veränderte Zusammenleben nach Beendigung des Reha-Aufenthaltes den nächsten Angehörigen abverlangt!

Kommt doch vor allem auf diese die schwierige Aufgabe zu - trotz ihrer seelischen und physischen Belastungen und trotz eventueller finanzieller Engpässe - dem mehr oder minder hilflos gewordenen nahe stehenden Menschen den nötigen familiären Rückhalt zu geben und ihn immer wieder voller Zuversicht durch entsprechende Aufmunterungen aus seinen zwangsläufig auftretenden Zwischentiefs zu holen.

Dies kann dauerhaft aber nur gelingen, wenn sie selber durch entsprechende Gruppentherapien oder an Hand der angebotenen Literatur darüber informiert wurden, dass für viele Schlaganfallpatienten trotz einseitiger Lähmungen und anderer Ausfallserscheinungen tatsächlich eine Chance besteht, im Laufe von Monaten oder auch Jahren einen Großteil der durch den Apoplex verloren gegangene Funktionen und Fähigkeiten wieder zu erlangen und Schritt für Schritt eine immer größer werdende Selbständigkeit zu erreichen

Eines darf man beim Lesen der entsprechenden Literatur jedoch niemals vergessen: Die durch Schlaganfälle verursachten Hirnschädigungen sind so mannigfaltiger Natur, dass sich der selbst von Fachkundigen nie vorhersagbare Rehabilitationsablauf der einzelnen von einem Schlaganfall getroffenen Menschen zwangsläufig sehr unterschiedlich gestaltet und somit keinen direkten Vergleich mit anderen Leidensgenossen zulässt! Darum ist es mir ein Anliegen zu betonen, dass die in meinem Buch oder von anderen Schlag-anfallpatienten gemachten Zeit-Angaben (aus denen hervor-geht, wie viele Wochen oder Monate nach dem Schlaganfall bei diesem oder jenem dieser oder jener Fortschritt zu beob-achten war) von den Betroffenen keinesfalls als Maßstab für die eigene Leistungsfähigkeit gewertet werden dürfen! Dieser Hinweis gilt natürlich auch für ihre Angehörigen!

Insbesondere aber möchte ich mit diesem Buch allen, die wie ich einen Schlaganfall erlitten haben, vermitteln, wie wichtig es ist, trotz der ständigen Rückschläge nicht zu re-signieren und - von kundigen Therapeuten unterstützt - im Rahmen der eigenen Möglichkeiten unverdrossen, geduldig und voller Zuversicht immer wieder aufs Neue an sich zu arbeiten, jeden Fortschritt dankbaren Herzens bewusst wahr-zunehmen und bei alledem - auch das ist wichtig - im familiären Alltag den Frohsinn und die Lebensfreude nicht zu kurz kommen zu lassen!

Bad Neuenahr 2006

9

Wie ich meinen Schlaganfall erlebte

Am 8. April 2003 war eigentlich alles wie immer. Ich hatte sehr gut geschlafen und mich, nachdem ich in aller Ruhe mit meinem Mann gefrühstückt hatte, fröhlich von ihm verabschiedet. Zu dieser Zeit fuhr ich regelmäßig, d.h. zwei bis dreimal in der Woche vormittags mit dem Auto von Bad Neuenahr nach Bonn, um meine zu dieser Zeit 102 Jahre alte Mutter zu besuchen, welche seit 1998 bettlägerig und seit über einem Jahr völlig erblindet auf der Pflegestation eines Seniorenstiftes lag, wo sie als Patientin der Pflegestufe drei hervorragend und liebevoll betreut wurde. Ich blieb zumeist den ganzen Vormittag dort und spürte schmerzhaft, dass sie, die ich in all den Jahren nie hatte klagen hören, seit einiger Zeit meine Gegenwart nicht mehr wahrzunehmen schien. Natürlich wühlten mich die Besuche bei ihr immer wieder auf!

An diesem Morgen hatte ich meiner Mutter wieder selbstgemachten Obstsalat mitgebracht, weil ihr dieser, wie ihr zufriedener Gesichtsausdruck die letzten Male gezeigt hatte, offenbar besonders gut schmeckte. Nachdem ich sie gefüttert hatte und die kleine Obstschale auf eine Anrichte stellen wollte, stolperte ich unvermutet. Obwohl, wie ich verdutzt feststellte, auf dem Fußboden nichts herumlag, was als Ursache hierfür hätte in Frage kommen können, stolperte ich gleich darauf ein zweites Mal. Kurz darauf spürte ich, wie mein linker Arm kraftlos wurde. Als mir dann noch das Schlucken schwer fiel, wurde mir klar, dass irgend etwas Gravierendes in meinem Körper geschah, das ich mir einfach nicht erklären konnte!

Dass ich, die ich mich mit 72 Jahren in jeder Hinsicht noch rundherum fit fühlte, einen Schlaganfall erlitten haben könnte, daran habe ich damals nicht im Entferntesten gedacht. Mein Blutdruck war immer normal gewesen und die einige Wochen zuvor durchgeführten Blutuntersuchungen hatten, bis auf einen ganz leicht erhöhten Cholesterinspiegel, ebenfalls nur physiologische Werte ergeben.

Weil das mich am meisten ängstigende lähmungsartig Gefühl im Hals immer deutlicher und das Schlucken immer schwieriger wurde (meine Mutter war, wie ihr gleichmäßiges leises Schnarchen verriet, wieder eingeschlafen) wurde mir klar, dass ich so schnell wie möglich das nahe gelegene Zimmer der diensthabenden Pfleger erreichen musste. Mich mit der rechten Hand an den überall vorhandenen Handläufen festhaltend, hangelte ich mich über den Flur und hörte eine mir entgegenkommende Schwester bestürzt ausrufen: „Mein Gott, Frau Elsholz! Sie ziehen Ihr linkes Bein ja total nach!" Als ich ihr antworten wollte, hatte ich bereits keine Gewalt mehr über meine Zunge. Ich konnte nur noch mit großer Mühe sprechen und sie bitten, mich irgendwo hinlegen zu dürfen, meinen Mann zu benachrichtigen und einen Notarzt zu holen, was auch unverzüglich geschah. Kurz darauf spürte ich, dass ich nicht mehr in der Lage war, das linke Bein und den linken Arm zu heben.

Da ich aber eine halbe Stunde später im Notarztwagen das Bein schon wieder etwas anziehen, bei der Ankunft im Krankenhaus auch den Arm wieder etwas bewegen und sogar mit meiner linken Hand auf die des untersuchenden

Arztes einen leichten Druck ausüben konnte, hoffte man, dass die bei mir zu beobachtenden Lähmungserscheinungen durch eine sogenannte „TIA" (Transistorische Ischämische Attacke), also durch eine vorübergehende und ohne besondere Folgen bleibende Durchblutungsstörung im Gehirn hervorgerufen würden.

Diese Erwartung bestätigte sich leider nicht. Trotz der sofort nach meiner Einlieferung eingeleiteten Maßnahmen hatte sich während der ersten sehr unruhigen auf der Intensivstation verbrachten Nacht mein Befinden wieder deutlich verschlechtert. Als ich nach einem kurzen Schlummer gegen Morgen aufwachte, spürte ich sofort voller Entsetzen, dass eine bleierne Schwere meine ganze linke Körperseite erfasst hatte, welche nicht die geringste Bewegung mehr zuließ!

Nun lief auch bei mir die in solchen Fällen übliche Apparate-Diagnostik voll an. Von den Ereignissen der letzten Stunden total erschöpft, versuchte ich bis zur endgültigen Diagnose die bangen, seit den frühen Morgenstunden immer wieder um meinen Mann und unser zukünftiges Leben kreisenden Gedanken zu verdrängen und innerlich zur Ruhe zu kommen.

Da ich endlich meiner großen Müdigkeit nachgab, nahm ich nur am Rande wahr, wie ich mehrere Male mit meinem Krankenbett durch schier endlose erscheinende Gänge zu diesem oder jenen Aufzug, in diese oder jene Abteilung geschoben und immer wieder mit gekonnten Griffen von meinem breiten Bett auf schmale Untersuchungsliegen gehievt und später wieder zurückgebettet wurde.

Allerdings wurde ich während einer der Routineuntersuchungen wieder jäh mit der Realität konfrontiert!

Als die medizinisch-technische Assistentin flink und mit kundiger Hand das letzte der an mir fixierten Kabel an ein Gerät anschloss, wies sie mich darauf hin, dass sie einmal ganz kurz weg müsse und bat mich, während ihrer Abwesenheit absolut ruhig liegen zu bleiben. Ich vernahm, wie sie die Türe hinter sich zuzog, schloss die Augen und versuchte, mich zu entspannen.

Doch kaum hatte ich begonnen, mich ganz auf meine Atmung zu konzentrieren, schreckte ich auf: Mein gefühlloser, mir von der jungen Dame auf den Bauch gelegter linker Arm war durch mein vertieftes Ein- und Ausatmen in Bewegung geraten, herabgeglitten und drohte nun - einmal in Schwung geraten - infolge seiner durch den fehlenden Muskeltonus bedingten Schwere auch noch über den Rand der Liege herunterzufallen. Hellwach geworden, konnte ich ihn gerade noch mit der rechten Hand erwischen, mühsam hochziehen und - um sein erneutes Abrutschen zu verhindern - bis zur Wiederkehr der Assistentin krampfhaft festhalten.

Erst in diesen Minuten erahnte ich, wie hilflos und abhängig ich innerhalb weniger Stunden geworden war und was es bedeutet, auf einer Seite gelähmt zu sein und keinerlei Gewalt mehr über seine Gliedmaßen zu haben!

Nach Abschluss der Untersuchungen lautete die endgültige Diagnose: „Durch einen Thrombus verursachter Apoplex in der rechten Hemisphäre mit linksseitiger Hemiparese"! Mit anderen Worten: Ein kleines, wodurch auch immer entstandenes Blutgerinnsel hatte urplötzlich ein Gefäß in meiner rechten Gehirnhälfte verstopft, wodurch die Blutversorgung des betreffenden Gehirnareals verhindert und die Lähmungserscheinungen auf der linken Körperseite hervorgerufen wurden.

Wie unzählige andere Menschen mussten auch mein Mann und ich erst einmal lernen, das dramatische, unser Leben innerhalb von Sekunden total verändernde Geschehen als einen unabänderlichen Schicksalsschlag zu akzeptieren und nicht voll Trauer oder Selbstmitleid auf die Zeit vor meinem Schlaganfall zurückzuschauen, sondern unbeirrt nach vorne zu blicken und gemeinsam versuchen, aus dieser Situation das Beste zu machen. Unser großes Glück war, dass offensichtlich weder meine mentalen Funktionen noch das eigentliche Sprachzentrum durch das Gehirntrauma betroffen waren und wir im Gegensatz zu vielen anderen bedauernswerten Patienten und ihren Angehörigen vom ersten Tag an miteinander reden und unsere Gedanken austauschen konnten!

Im Krankenhaus

Wenige Tage nach meiner Einlieferung in die Intensivstation vermochte ich den linken Fuß bereits wieder ein klein wenig nach rechts und links zu bewegen und das Bein ganz leicht anzuheben. Obwohl auch diese Gliedmaße sich immer noch enorm schwer und fremd anfühlte, spürte ich voller Glück: Das ist mein Bein und es fängt wieder an, mir zu gehorchen!

Ganz anders verhielt es sich mit meinem Arm! Ich konnte zwar deutlich spüren, wenn ein anderer oder ich selber ihn berührten. Ansonsten empfand ich ihn wie einen an mir baumelnden und mich enorm behindernden leblosen Klotz, der nicht zu mir zu gehören schien.

Auf der Intensivstation konnte ich wegen der ganzen Strippen und Apparaturen nur auf dem Rücken liegen. In dieser ungewohnten Lage habe ich noch nie gut schlafen können. Nachdem ich in ein normales Krankenzimmer verlegt worden war, versuchte ich nach einigen Tagen erstmals, mich ohne die Hilfe anderer auf die rechte Seite zu legen. Das erwies sich jedoch als weitaus schwieriger, als ich gedacht hatte.

Zwar ließ sich, während ich mich mit der rechten Hand an dem Seitengitter meines Bettes festhielt, mein Körper mit großer Mühe unter der kräftigen Mitarbeit des von der Lähmung nicht betroffenen Beines langsam herumziehen. Doch als ich nach diesem Kraftakt endlich auf der Seite lag, stellte ich entsetzt fest, dass ich zuvor vergessen hatte, meinen linken Arm über meinen Körper hinweg auf die rechte Seite zu hieven, so dass er - da er infolge seiner Leblosigkeit die Bewegung nicht mitgemacht hatte - halb verdreht, schlaff und schwer nach hinten hing. Trotz aller Anstrengung vermochte ich nicht, ihn mit dem gesunden Arm hinter dem Rücken hervorzuziehen. Da mir keine Wahl blieb, versuchte ich, mich mühsam wieder in die Ausgangs-position zurück zu drehen. Kaum hatte ich dies geschafft, spürte ich einen heftigen Schmerz im Schultergelenk. Denn jetzt lag ich unversehens mit dem ganzen Körpergewicht auf dem nunmehr unter meinen Rücken gerutschten linken Unterarm und konnte, vor Anstrengung schweißgebadet, nur noch den Pflegern klingeln und die herbeieilende Schwester bitten, mich aus dieser so schmerzhaften Lage zu befreien.

Dummer Weise passierte mir das gleiche Missgeschick noch einmal. In solchen Momenten konnte ich verstehen, dass manche in der freien Wildbahn lebenden Tiere, einem Instinkt folgend, sich von einer sie ähnlich stark behindern-den Gliedmaße befreien, indem sie den gelähmten Fuß oder das gelähmte Bein ungeachtet der entstehenden Schmerzen nicht selten abbeißen.

Nachdem ich in ein normales Krankenzimmer verlegt wor-den war, bestand eine der ersten Handlungen meines Mannes darin, den an meiner linken Seite befindlichen Nachttisch an die rechte Bettseite zu stellen. Kurz darauf wurde er jedoch von einer Pflegerin belehrt, dass dieses Möbelstück bei Schlaganfallpatienten immer an der gelähm-ten Seite stehen müsse, damit die Patienten gezwungen seien, beim Hinüberlangen die gelähmte Seite weit mehr, als sie es sonst tun würden, zu beachten und immer wieder in ihr Blickfeld mit einzubeziehen.

Überdies sei es nach ihrer Überzeugung ganz wichtig, dass der Kranke seinen „als fremd" empfundenen gelähmten Arm möglichst oft liebevoll streichele und mit ihm rede, um ihn auf diese Weise auch mental leichter als einen wichtigen Teil von sich annehmen zu können! Erstaunt bemühte ich mich, ihren so wohlgemeinten und mir durchaus einleuchtenden Rat zu beherzigen.

Außerdem forderte mein Mann mich immer wieder eindringlich auf, die gelähmten Finger meiner linken Hand möglichst oft selber zu bearbeiten, d.h. mittels der rechten Hand passiv zu beugen und zu strecken, um von vorne herein eine Verkürzung der Sehnen und somit eine sogenannte „Krallenhaltung" der Hand zu vermeiden, wie sie leider bei vielen Schlaganfallpatienten zu beobachten ist.

Einige Tage danach machte ich eine für mich beglückende Entdeckung!

Auf der Seite liegend hatte ich meinen Unterarm per Zufall derart weit auf das ihn stützende Kissen gelegt, dass meine Hand ein wenig über den Kissenrand hinausragte. Während ich gewohnheitsgemäß jeden der schlaff herabhängenden Finger einzeln bearbeitete, stutzte ich plötzlich, da mein Daumen sich ein ganz klein wenig gerührt zu haben schien. Als ich diese kaum wahrnehmbare Bewegung bemerkte, glaubte ich zunächst, mich getäuscht zu haben! Doch als er sich auf mein beschwörendes:„Tu´s noch einmal!" wiederum ein klein wenig bewegte, betrachtete ich seine winzige Reaktion als einen wundersamen „Fingerzeig", der mich mit großer Zuversicht erfüllte!

Von nun an gab mein Daumen mir durch diese kleine Geste immer wieder zu erkennen, dass er noch „da war". Allerdings bewegte er sich nur, wenn er frei nach unten hängen konnte. Sobald er irgendwo auflag, reagierte er nicht.

Bis die übrigen Finger der linken Hand ihre ersten zaghaften Regungen zeigten, sollten trotz meiner täglichen Zuwendungen und der zahleichen ergotherapeutischen Behandlungen noch etwa drei Monate vergehen!

In der Folgezeit hatte ich des nachts immer wieder heftige Wadenkrämpfe sowie das beklemmende Gefühl, beim Atmen nicht genügend Luft zu bekommen. Aus diesem Grund wurde mir ein Sauerstoffgerät zugeteilt, damit ich mir den Sauerstoff zuführenden Schlauch bei einer wieder einsetzender Atemnot selber in die Nase stecken konnte, was mir jedes Mal eine spürbare Erleichterung brachte. Vermutlich waren auch die für die Atmung wichtigen Hilfsmuskeln der linken Seite von einer leichten Lähmung betroffen, was sich vor allem bei wetterbedingten Belastungen bemerkbar machte.

Gegen die häufig auftretenden, äußerst schmerzhaften Wadenkrämpfe erhielt ich Magnesiumgaben, worauf diese Beschwerden relativ bald verschwanden.

Um die Zeit bis zu meiner Überweisung in eine Reha zu überbrücken, wurde ich im Krankenhaus mehrmals pro Woche von einer Physiotherapeutin aufgesucht, welche mit mir die ersten Bewegungsübungen durchführte. Da ich hierbei mein ganzes Konzentrationsvermögen einsetzen musste, um gedanklich, also lediglich in meiner Vorstellung, die von ihr mit meinem linken Arm durchgeführten Streckübungen mitzumachen, war ich hinterher für mehrere Stunden total geschafft! Seelisch bauten diese Minuten mich jedoch enorm auf, da meine Krankengymnastin mir mehrmals voller Freude sagte, dass sie bei meinem intensiven Bemühen, in die von ihr vorgegebene Armbewegung mental mit hineinzugehen, deutlich spüre, dass sich in ihm „irgend etwas tue", was sie hinsichtlich meiner künftigen Fortschritte sehr zuversichtlich mache!

Nach Ostern, also knapp drei Wochen nach dem Schlaganfall wurde ich in eine in der Nähe des Krankenhauses gelegene Reha-Klinik verlegt, in welcher ich bis Anfang August verblieb.

Stationärer Aufenthalt in der Reha-Klinik

Während ich die Zeit im Krankenhaus, noch überwiegend im Bett verbringen musste, wurde ich nunmehr richtig gefordert. Zwar war der erste Reha-Tag noch den üblichen Formalitäten und der mit einer gründlichen neurologischen Untersuchung verbundenen Arztvisite vorbehalten, doch dann ging es offensichtlich richtig zur Sache!

Mit dem ersten Frühstück erhielt ich einen auf mich zuge-schnittenen Wochen-Stundenplan und einen Rollstuhl, mit welchem ich noch am gleichen Tag von jungen, zumeist ausländischen und immer freundlichen Hilfskräften zu den diversen, auf meinem Plan verzeichneten Anwendungen gefahren wurde.

Sowohl auf dem Weg dorthin als auch in den Behandlungs-räumen kam ich erstmals mit anderen Leidensgenossen zusammen und stellte zu meinem Erschrecken fest, dass in den Rollstühlen nicht nur Menschen meines Alters, sondern auch mitten im Leben stehende Männer und Frauen sowie einige Jugendliche saßen! Manche von ihnen waren mit einem helmartigen Kopfschutz versehen.

Wie ich später erfuhr, hatten sie durch einen Verkehrsunfall, ein geplatztes Aneurysma oder andere dramatische, ihr Leben innerhalb von Sekunden verändernde Ereignisse ein Hirntrauma erlitten, das eine Schädeloperation erforderlich gemacht hatte. Während die einen völlig teilnahmslos alles mit sich geschehen ließen, suchten andere bereits den Blick-kontakt und das Gespräch mit ihren jeweiligen Rollstuhlnachbarn und beobachteten interessiert, was um sie herum geschah.

Die plötzliche Konfrontation mit derart vielen vom Schicksal in so unterschiedlicher Weise gebeutelten und in diesem großen Gebäudekomplex auf eine Besserung hoffenden Menschen berührte mich sehr!

Gleichzeitig war ich aber auch voll angespannter Erwartung: Welche Fortschritte würde der Reha-Aufenthalt mir bringen können? Würde ich mich mit den mir zugewiesenen Therapeuten gut verstehen? Wie auch immer: Ich war fest entschlossen, mich der Herausforderung zu stellen und selber nach Kräften mitzuarbeiten.

In einem Zweibettzimmer auf der dritten Etage liegend, konnte ich von meinem Bett aus ein großes Stück des Himmels sehen! Ich liebte es, die sich immer wieder ändernden Wolkenformationen zu beobachten oder den langsam in mein Blickfeld hineingleitenden und sich meiner Sicht wieder entziehenden kleinen weißen Wölkchen hinterher zu träumen. Als ich dann eines Tages noch die ersten munter dahinsegelnden Schwalben entdeckte, erfüllte mich der Anblick dieser sonnigere und wärmere Tage verheißenden Boten mit einer ganz besonderen Freude und Zuversicht.

Auch auf der neben dem Reha-Eingang gelegenen unbedachten Caféteria schien an regenfreien Nachmittagen bis zum Eintritt der Dämmerung bereits eine rege Betriebsamkeit zu herrschen, da das fröhliche Stimmengewirr und Gelächter der Reha-Insassen und ihrer Besucher bei geöffneten Fenstern sogar bis in mein Zimmer hinein zur zu vernehmen waren.

Wie viele Schlaganfallpatienten war auch ich seelisch wie körperlich ungewohnt „dünnhäutig" und „hellhörig" für die Stimmungslage meiner Mitmenschen geworden, weshalb ich, wie die folgenden beiden Beispiele zeigen, in bestimmten Situationen oder auf bestimmte Wahrnehmungen sehr viel empfindlicher als in früheren Zeiten reagierte:

In unseren ersten Reha-Wochen zogen sowohl meine Zimmergenossin als auch ich uns, sobald eine ganz bestimmte Krankenschwester unser Zimmer betrat, wie eine Schnecke innerlich zurück, obwohl sie die ihr obliegenden Tätigkeiten absolut korrekt ausführte.
Wenn sie - was wir an ihrem missmutigen Gesicht und ihrem mürrischen Gehabe sogleich erkennen konnten - aus irgendeinem Grund verärgert war, wenn wir z.B. zu einer aus ihrer Sicht „unpassenden Zeit" geklingelt hatten fasste sie uns (bewusst oder unbewusst?) bei den anschließenden pflegerischen Maßnahmen regelmäßig spürbar härter an, als wir es sonst von ihr gewohnt waren. Jedenfalls fühlten wir uns, obwohl sie uns hierbei niemals weh tat, ihren jeweiligen Stimmungen ausgeliefert und durch ihre subtilen, von uns jedoch sehr wohl wahrnehmbaren „Maßregelungen" immer wieder aufs Neue verletzt.

Meinem Mann gegenüber habe ich das nie erwähnt, da derartig feine Behandlungsunterschiede nur schwerlich in

Worte gefasst und von Gesunden wohl kaum nachempfunden werden können.

Hingegen empfanden wir die gleichmäßige Freundlichkeit aller übrigen uns in der Reha betreuenden Krankenschwestern als ungemein wohltuend und registrierten erleichtert, dass dank ihrer professionellen, einfühlsamen und mit einer heiteren Selbstverständlichkeit durchgeführten, den Intimbereich einschließenden Pflege das Gefühl und die Würde der ihnen anvertrauten Patienten nie missachtet wurden. Wenn auch diese Schwestern einmal unter Zeitdruck standen und uns zwangsläufig rasch und etwas weniger sanft umbetten mussten, machte uns das ob der hierbei geführten heiteren Gespräche und ihrer steten warmherzigen Ausstrahlung überhaupt nichts aus.

Allerdings hat mich diese während meines Reha-Aufenthaltes gemachten Erfahrung erschreckt und nachdenklich gemacht.

Hat mir doch mein im Grunde recht harmloses Negativ-Erlebnis gezeigt, wie leicht hilflos gewordene Menschen sowie kleine Kinder aus einer Laune heraus oder wegen irgendeines scheinbaren „Fehlverhaltens", durch die sie betreuenden Personen, ohne dass dies von Dritten bemerkt wird, diszipliniert und eingeschüchtert werden können.

Während mir die wöchentlichen Gespräche mit der täglich in der Reha anwesenden, behutsam auf meine Sorgen eingehenden Psychologin außerordentlich gut taten, da ich bei ihr so manches, was mich bedrückte „los werden konnte", empfand ich einige der an mehreren Tagen durchgeführten, für die fachärztliche Beurteilung eines Hirntraumas sicherlich aufschlussreichen „Psycho-Tests", als sehr unangenehm.

Dies lag vor allem daran, dass die junge, mit den ersten Testdurchführungen beauftragte Person, mich in fataler Weise an meine Schulzeit erinnerte, da sie, während ich die von ihr gestellten Aufgaben zu lösen versuchte, die ganze Zeit über - wie eine Lehrerin bei der Klassenarbeit ihrer Schüler - mit unbewegter Mine und anscheinend völlig unbeteiligt mein Tun beobachtete. Dieses Verhalten irritierte mich derart, dass ich jedes Mal heilfroh war, wenn die Stunde bei ihr vorüber war!

Im Gegensatz hierzu verliefen die einige Tage später erfolgenden Tests in einer gänzlich anderen Atmosphäre. Auch diesmal saß mir eine sehr jungen Person gegenüber. Nachdem sie mir in ihrer lockeren, heiteren Art erklärt hatte, worauf es bei den folgenden Übungen ankam, ging es zur Sache. Da sie mir aber zwischendurch immer wieder ermutigend zulächelte, fühlte ich mich in ihrer Nähe total entspannt und konnte mich so gut konzentrieren, dass mir die manchmal gar nicht so leichten Gedächtnisprüfungen sogar Spaß machten!

Als ich Anfang Juli, also drei Monate nach meinem Schlaganfall, in ein Einzelzimmer verlegt wurde, hatte ich bereits zahlreiche Fortschritte gemacht und konnte mich, da meine rechte Hand schon immer sehr geschickt war, bereits ohne fremde Hilfe waschen, anziehen und zur Toilette gehen.

Den Weg dorthin und zum Waschtisch musste ich noch mit dem Rollstuhl zurücklegen. Das kurze Aufstehen sowie das selbständige sich Umsetzen vom Bett auf den Rollstuhl und von diesem auf die Toilette und wieder zurück war mir als Erstes beigebracht worden. Als ich bald darauf auch noch in der Lage war, mehrere Minuten lang frei zu stehen und mich endlich wieder vom Kopf bis zu den Zehen alleine waschen und pflegen konnte, war ich überglücklich! Allerdings hatte ich strikt darauf zu achten, dass der arretierte Rollstuhl immer dicht hinter mir stand, damit ich mich bei dem geringsten Unsicherheitsgefühl oder wenn ich plötzlich müde wurde, wieder ganz schnell hinsetzen konnte.

Sobald die Morgensonne in mein Zimmer schien, wurde ich regelmäßig wach. Darum stand ich an guten Tagen schon gegen 6 Uhr auf, um mich vor dem Frühstück in aller Ruhe fertig machen zu können. Für das Duschen auf rutschigem Boden war mein ansonsten schon sicherer Stand noch nicht stabil genug, weshalb ich hierfür hin und wieder gerne die Hilfe der Dienst habenden Pflegerinnen in Anspruch nahm. Die Tatsache, dass ich nach den Wochen der absoluten Hilflosigkeit jetzt schon wieder alleine aufstehen und viele Dinge ohne fremde Hilfe verrichten konnte, erfüllte mich jeden Tag aufs Neue mit Dankbarkeit und Freude.

Für das selbständige Waschen und Anziehen benötigte ich damals noch ein bis zwei Stunden. Das hatte seinen Grund, denn sobald ich eine Tätigkeit unter Zeitdruck oder in Anwesenheit Dritter erledigen musste, überfiel mich während meines Reha-Aufenthaltes und noch Monate danach eine früher nie gekannte Nervosität. Offenbar als Folge des

Schlaganfalles wurden meine Bewegungen in derartigen Situationen, ohne dass ich es zu verhindern vermochte, so hektisch und zappelig, dass mir nichts mehr auf Anhieb gelang. Dann fielen mir zu meinem Verdruss alle möglichen Utensilien wie z.B. der Schraubdeckel der Zahnpastentube, (welche ich, um den Verschluss mit der rechten Hand abschrauben zu können, noch in den Mund stecken und mit den Lippen festhalten musste), Waschlappen oder Handtücher auf den Boden und konnten von mir nur unter großer Anstrengung vom Rollstuhl aus mit den Fingerspitzen wieder aufgehoben werden.

Natürlich hätte ich diese Dinge auch auf dem Boden liegen lassen und das Pflegepersonal bitten können, sie aufzuheben. Aber ich wollte, bis ich wieder zu Hause sein würde, so unabhängig wie möglich werden! Kurz vor meiner Entlassung erhielt ich einen Spezialgreifer für Behinderte, der das Aufpicken von herabgefallenen Gegenständen spielend leicht macht.

Auch das erlernte und zumeist schon problemlose Anziehen der Kleidungsstücke offenbarte, so dies unter Zeitdruck geschehen musste oder wenn mir kritisch zugeschaut wurde, seine Tücken: Wenn man einseitig gelähmt im Rollstuhl sitzend, einen Pullover anziehen will, muss dieser zunächst derart auf dem Schoß zurecht gelegt werden, dass der Ärmel zwischen beiden Knien nach unten baumelt und man den inneren Ärmeleingang gut erkennen kann. Ist dies geschafft, muss der noch leblose gelähmte Arm mit Hilfe der funktionstüchtigen Hand behutsam dorthin geleitet werden, worauf er normaler Weise infolge seiner bleiernen Schwere dann ohne Schwierigkeit den Ärmel hinuntergleiten kann. So lautet die Theorie. Sie umzusetzen ist jedoch keineswegs immer einfach! Hatte ich in der Eile den Pullover vorweg nicht ganz richtig positioniert, verschob er sich bei der geringsten Bewegung im Nu, was zur Folge hatte, dass ich den Eingang zum Ärmel erst nach mehreren Anläufen erwischte. Außerdem konnte es passieren, dass mein Arm das zumeist engere Ärmelbündchen nicht zu passieren vermochte, da er sowohl durch den manchmal zur Seite hin abstehenden kleinen Finger als auch durch den Daumen daran gehindert wurde. Wenn diese zu widerspenstig waren und mir die Korrektur ihrer fehlerhaften Stellung durch den Ärmel hindurch nicht gelang, musste zu meinem Frust die ganze Prozedur des Pullover-Anziehens noch einmal von vorne beginnen.

Das trickreiche Anziehen der Strümpfe bildete eine weitere Klippe. Normalerweise schlägt man, ohne darüber nachzudenken, im Sitzen die Beine übereinander, fasst die Socken mit beiden Händen und zieht sie zügig über die Füße. Nach einem Schlaganfall ist dies alles anders! Um meinen linken Fuß erreichen zu können, musste erst einmal das sich ungemein schwer anfühlende gelähmte Bein über das rechte gehievt und entsprechend angewinkelt werden. Wenn ich dann anschließend die „vorschriftsmäßig" mit den Fingern der rechten Hand möglichst weit gespreizten Sockenbündchen zu ihrer Fixierung bis über die Zehen des linken oder rechten Fußes ziehen wollte (für einen älteren Menschen ein normaler Weise schon schwieriges Unterfangen), glitten die Strümpfe, so dies hastig geschah, mir immer wieder aus der Hand auf den Boden und mussten von dort wieder mühsam geangelt werden. Wenn sie endlich den erforderlichen Halt gefunden hatten - manchmal schaffte ich dies erst nach 5 bis 6 Versuchen - und nicht mehr abrutschen konnten, ließen sie sich ohne weiteres mit nur einer Hand über die Füße hoch ziehen.

Nach diesen ganzen Manipulationen war ich nicht selten schweißgebadet. Konnte ich mich hingegen alleine in aller Ruhe auf die einzelnen Phasen meiner Morgentoilette konzentrieren und zwischendurch immer wieder eine kleine Pause einlegen, ließen sich die beschriebenen sowie andere Schwierigkeiten vielfach vermeiden.

Doch nicht nur meine Bewegungen wurden unter Duck hastig und fahrig. Merkwürdiger Weise hatte ich beim Hören meiner eigenen Stimme oftmals das Gefühl: Das bin gar nicht ich, die da redet! Obwohl mein eigentliches Sprachzentrum von dem Schlaganfall nicht betroffen war, empfand ich den Klang meiner Stimme anders als früher.

Außerdem vermochte ich nicht mehr so fließend zu sprechen wie bisher. Was mich jedoch am meisten beunruhigte und verdross war, dass die Sätze oftmals „verdreht" oder grammatisch falsch, jedenfalls anders als gewollt, über meine Lippen kamen. Aber nicht nur meine Sprache war holperig geworden, auch ihr Tonfall hatte sich verändert. So erhielten - sehr zu meinem Missfallen und ohne dass ich dies verhindern konnte - oftmals völlig banale Sätze einen geradezu kindlich-gewichtigen Unterton.

Längeres Sprechen ermüdete mich sehr und ließ mich von Satz zu Satz kurzatmiger werden, was zur Folge hatte, dass meine Stimme nicht nur heiserer sondern auch leiser wurde und oftmals, ohne dass ich dies verhindern konnte, einen „leidenden" Klang erhielt, was meiner Stimmung in keinster Weise entsprach! Wollte ich, damit mein Gegenüber mich besser verstehen konnte, lauter reden, strengte mich dies enorm an und die Kurzatmigkeit nahm derart zu, dass ich selbst Telefonate mit sehr lieben Freunden sehr rasch beenden musste.

Noch heute lässt meine Stimme, obwohl sie inzwischen ihren alten vertrauten Klang wiedergefunden hat, deutlich erkennen, ob ich ausgeruht oder nervös und abgespannt bin. Obwohl mein linker Mundwinkel nur unmittelbar nach dem Schlaganfall etwas heruntergehangen sein soll, verspürte ich zu dieser Zeit immer noch ein taubes Gefühl in der Mund-schleimhaut sowie um den linken Nasenwinkel herum und konnte, vor allem wenn ich auf der linken Seite lag, nicht verhindern, dass immer wieder Speichel auf die Bettdecke tropfte. Auch blieben in der linken Backentasche oftmals Speisereste hängen, was ich erst beim Zähneputzen bemerkte und vielleicht die Ursache für das nach dem Schlaganfall immer wieder auftretende Verschlucken war, das eigenartiger Weise ohne einen ersichtlichen Grund auch heute noch sehr oft vorkommt.

Außerdem schien mir, wenn ich in den Spiegel schaute, meine ganze Mimik ein wenig verändert und mein Gesicht beim Schmunzeln, vor allem aber beim Lachen in einer schwer zu beschreibenden Weise fremd.

Das von einem Logopäden verordnete und von mir immer wieder praktizierte „Fratzenschneiden" sowie die intensive nach einem bestimmten System durchzuführende Gesichtsmassage mit einer Zahnbürste ließen die meisten der geschilderten Symptome nach und nach verschwinden.

Allerdings habe ich auch heute noch hin und wieder das Gefühl, als würde sich mein Mund - anstatt zu lächeln - zu einem albernen Grinsen verziehen. Das irritiert mich enorm! Als ich meinen Mann und einige Freunde darauf ansprach, behaupteten sie ganz unabhängig voneinander, nichts dergleichen zu bemerken.

Bei den so wichtigen logopädischen Sprachübungen aber auch bei anderen Gelegenheiten kam es hin und wieder vor, dass ich urplötzlich und völlig unmotiviert wie eine Zehnjährige in einen von mir nicht zu bremsenden Lachkrampf verfiel, der nichts mit einem natürlichen befreienden Lachen zu tun hatte. Derartige Situationen empfand ich meinen jeweiligen Gesprächspartnern gegenüber als ungemein peinlich.

Doch meine Psychotherapeutin erklärte mir, dass dies nichts Außergewöhnliches sei, da bei den meisten Schlaganfallpatienten derartige unmotivierte Lach- oder Weinkrämpfe zu beobachten seien. Diese unkontrollierten seelischen „Entladungen", vor allem aber heftiges Weinen seien ein notwendiges Ventil, eine Selbsthilfe des Organismus, um mit der innerhalb von Sekunden entstandenen totalen Hilflosigkeit und dem manchmal über Wochen und Monate angestauten Frust fertig zu werden. Darum sei es wichtig, sich dieser Gefühlsausbrüche keinesfalls zu schämen, sondern sie ganz einfach zuzulassen.

Mit meiner schon immer geschickten rechten Hand vermochte ich die Funktionsuntüchtigkeit der gesamten linken Seite recht gut zu kompensieren. So konnte ich beispielsweise außer den Socken, nicht nur die für Behinderte so praktischen Schuhe mit Klettverschluss, sondern (nachdem ich den Trick, mit nur einer Hand eine Schleife zu binden, gelernt hatte) auch Schnürschuhe anziehen, Brötchen auf einem behindertengerechten Brotbrett aufschneiden, mit Butter, Marmelade u. a. bestreichen sowie Yoghurtbecher und einzeln verpackte Zuckerstückchen mit der rechten Hand öffnen.

Für mich wie für andere linksseitig gelähmte Leidensgenossen war dies alles natürlich wesentlich leichter zu bewerkstelligen, als für rechtsseitig gelähmte Patienten, welche (sofern sie ausgeprägte Rechtshänder waren) mit ihrer nicht gelähmten linken Hand nunmehr gänzlich ungewohnte komplizierte Bewegungsabläufe erlernen und bewältigen mussten.

Während wir sowohl das Mittagessen als auch das Abendbrot in unseren Zimmern einnahmen, frühstückten wir gruppenweise in einer Flurnische, so dass die uns immer wieder voller Geduld bestimmte Tricks zeigenden Ergotherapeutinnen alle in ihrer Obhut stehenden Patienten beobachten und nötigenfalls helfend eingreifen konnten.

Da sie manchmal total ausgelastet waren, bot sich mir des öfteren die Gelegenheit, diesem oder jenem Leidensgenossen zur Hand zu gehen, wenn er oder sie es trotz aller Anstrengung nicht schafften, ihre Yoghurtbecher oder eines der Weichkäse oder Wurst enthaltenden Plastikdöschen zu öffnen, was zumeist mit einem dankbaren Lächeln quittiert wurde.

Auf diese Weise lernten wir einander kennen und nickten oder winkten uns (je nach Temperament und Wohlbefinden) bei unseren zufälligen Begegnungen während des Tages von unseren Rollstühlen aus freundlich zu. Fühlten wir uns doch durch unser Schicksal ihn einer seltsamen Weise verbunden.

Während des Frühstücks saß ich häufig neben Herrn B., einem etwa gleichaltrigen, sehr lieben Mann, welcher, rechtsseitig gelähmt, als einziger unserer kleinen Tischrunde seit seinem Apoplex nicht mehr zu sprechen vermochte. Manchmal schien er mir etwas sagen zu wollen. Wenn er jedoch auch nach mehreren anstrengenden Versuchen kein verständliches Wort herausbrachte, schüttelte er resigniert den Kopf, machte voller Frust mit seiner Linken eine unwirsche Handbewegung und schaute mich mit einem bittenden Blick an, als ob er sich wegen seines Unvermögens entschuldigen müsse oder lächelte wehmütig vor sich hin.

Seine ihn täglich besuchende Frau und er litten unsagbar darunter, gerade jetzt, in dieser auch ihr beider Leben in einer so dramatischen Weise verändernden Situation nicht miteinander kommunizieren zu können! Da ihr Mann zwar alles verstand, was sie sagte, sich ihr aber nicht mitteilen konnte, versuchte sie immer wieder ganz verzweifelt, seine Gedanken und Wünsche zu erraten. Gelang ihr dies, ging ein Strahlen über sein Gesicht und beide hofften zu diesem Zeitpunkt noch voller Zuversicht, dass er mit Hilfe der Logopäden eines Tages wieder würde sprechen können!

Mit meinem leichten, wendigen Rollstuhl, dessen Räder ich mittels des nicht gelähmten Armes und des nicht gelähmten Beines nach einiger Übung schnell in Fahrt bringen und in jede Richtung dirigieren konnte, kam ich innerhalb der gesamten Reha recht bald alleine gut zurecht.

Eines sonntags reizte es mich, die kleine Caféteria einmal aus der Nähe anzusehen, schaffte es kräftemäßig jedoch nicht, die leicht ansteigende, zu der etwas höher gelegenen Terrasse führende Rampe heraufzufahren. Während ich mir noch voller Frust überlegte, ob ich irgendeinen Vorübergehenden bitten sollte, mich die kleine Anhöhe hinaufzuschieben oder mein Vorhaben aufgeben sollte, machte mir ein just daherkommender, ebenfalls halbseitig gelähmter jugendlicher Rollstuhlfahrer lachend vor, wie geschickt und anscheinend mühelos sich ein derartiges Hindernis im „Rückwärtsgang" bewältigt werden lässt, da man sich in dieser Position mit dem nicht gelähmten Fuß jederzeit kraftvoll abstemmen und so die Armarbeit erheblich unterstützen kann. Das musste ich natürlich gleich selber ausprobieren! Zu meiner Freude klappte das Hinauffahren zur Caféteria diesmal auf Anhieb, wenn auch beileibe nicht so gewandt und schnell wie bei meinem Vorbild.

Auf der Terrasse war bereits allerhand los! Offensichtlich hatten bei dem sonnigen Wetter zahlreiche der sich auf dem Wege der Besserung befindlichen Patienten Besuch von Angehörigen oder Freunden erhalten. Was mich aber am meisten verwunderte und erfreute, war die heitere und fröhliche Atmosphäre, die hier herrschte. Von fast allen Tischen waren angeregte, von Gelächter unterbrochene Gespräche zu vernehmen, bei denen vor allem die jungen im Rollstuhl sitzenden Menschen ihre Behinderung total zu vergessen schienen. Besorgt machte mich allerdings beobachten zu müssen, dass auffallend viele Jugendliche ohne Rücksicht auf ihre angeschlagene Gesundheit eine Zigarette nach der anderen rauchten! Da ich noch sehr ruhebedürftig war und der lebhafte, mit einem relativ hohen Geräuschpegel verbundene Trubel mir alsbald zu viel wurden, zog ich mich nach kurzer Zeit wieder auf mein Zimmer zurück.

Sobald ich mit den Örtlichkeiten vertraut war, hatte ich es mir zur Gewohnheit gemacht, nicht mehr auf die gestressten, im Eiltempo die zahlreichen Behinderten mit ihren Rollstühlen von den Krankenzimmern zu den jeweiligen Anwendungen hin und herschiebenden jungen Hilfskräfte zu warten, sondern selber los zu fahren, um die einzelnen Therapeuten aufzusuchen. Wenn die Fahrten durch die auf unterschiedlichen Etagen gelegenen und oft nur über mehrere Aufzüge zu erreichenden langen Fluren auch manchmal recht anstrengend waren, genoss ich die so gewonnene Selbständigkeit sehr! Wie freute sich mein Mann, als ich ihm zu seinem Willkommen zum ersten Mal bis vor die Eingangstür zur Reha entgegen gerollt kam!

An warmen Sommerabenden fuhr er mich häufig in einen kleinen zur Reha gehörenden, von wunderschönen alten Bäumen umsäumten und mit einem kleinen Teich versehenen Garten, den wir immer als eine Oase der Ruhe empfanden. Meistens verweilten wir eine zeitlang auf einer der durch blühende Büsche voneinander getrennten Bänken, von denen aus man in aller Ruhe die zwischen den gerade aufgeblühten Wasserrosen dahingleitenden Fische oder plötzlich auftauchende und nach kurzer Rast auf irgendeiner Wasserpflanze wieder hinwegschwirrende Libellen beobachten konnte.

Da unmittelbar neben den Bänken genügend Freiraum gelassen worden war, um auch an den Rollstuhl gefesselten Menschen einen angenehmen „Parkplatz" zu bieten, waren diese bequemen Sitzgelegenheiten vor allem bei älteren Personen beliebt. Hier konnten sie sich, nachdem sie ihre gelähmten, teils teilnahmslosen, teils mit zufriedener Mine still vor sich hinträumenden Ehepartner oder andere nahe Verwandte bis dorthin gefahren hatten, ungestört mit anderen Angehörigen unterhalten und gegenseitige Erfahrungen austauschen, was einer privaten kleinen Gruppentherapie gleichkam.

Wir suchten dann die beiden etwas abseits des schmalen Rundweges befindlichen und mit ganz einfachen Bänken versehene Holztische auf, an denen man gut zu zweit Patiencen legen oder Rummikub spielen konnte. Obwohl uns diese Stunden so richtig gut taten und das Spielen enormen Spaß bereitete, registrierte ich besorgt, dass meine mentalen Fähigkeiten offenbar doch ein wenig nachgelassen hatten, da mir im Gegensatz zu früher immer wieder dumme Fehler unterliefen. Meinen Mann schien dies jedoch keineswegs zu beunruhigen und er meinte nur lachend: „Das wundert mich gar nicht! Du wirst nach dem Schlaganfall, wenn Du Dich körperlich oder geistig anstrengst nur noch sehr schnell müde, wodurch die Konzentration automatisch nachlässt, das ist alles!"

Um das immer besonders gefährdete linke Schultergelenk mit seinen als Folge des Apoplex total erschlafften Bändern zu schonen und sowohl einer Subluxation als auch Stauungen im Armbereich vorzubeugen, hatte ich - wie alle Schlaganfallpatienten - die strikte Anweisung bekommen, den gelähmten, durch den fehlenden Muskeltonus ebenfalls schwergewichtigen Unterarm nie einfach in den Schoß, sondern auf ein dort gelagertes dickeres Kissen oder mit Hilfe der rechten Hand, auf die in den Rollstuhl einschiebbare Tischplatte zu legen. Meine linke, seit dem Schlaganfall in einer schwer zu beschreibenden Weise ausdruckslos und plump wirkende Hand ballte sich zu dieser Zeit immer wieder zur Faust, die ich ohne Hilfe der rechten spontan nicht wieder öffnen konnte. Da sich die Handsehnen durch das anhaltende krampfartige Zusammenkrümmen der Finger sehr rasch verkürzen können, musste ich während der Nacht eine dies verhindernde Gipsschiene tragen. Auf meinen Wunsch hin durfte ich sie tagsüber weglassen, damit ich die gelähmten Finger auch weiterhin mit der rechten Hand sooft wie möglich intensiv bearbeiten, d.h. beugen, strecken, drehen, kneten und massieren konnte!

Wenn ich mich nach dem morgendlichen Erwachen erstmals so richtig ausstreckte, fingen meine Beine in den ersten Reha-Wochen an, spastisch zu zucken oder in eine Art Streckkrampf zu verfallen. Dies dauerte allerdings nur etwa eine Minute und wurde deshalb von mir nicht mehr sonderlich beachtet. Im Gegensatz zu den im Krankenhaus aufgetretenen sehr viel schmerzhafteren Wadenkrämpfen ließen sich diese spastische Bewegungen durch Elektrolytgaben nicht verhindern. Die in der letzter Zeit vermehrt auftretenden Verkrampfungen der linken Hand wurden von den Ärzten als eine Folge der Überaktivität meiner voll funktionstüchtigen rechten Hand angesehen. Vor allem rieten sie mir ab - mich mit dieser an irgendeinem stabilen Möbelstück festhaltend - rasch in den Stand hochzuziehen, was mir immer sehr viel Vergnügen bereitet hatte, da dieses eine der wenigen Bewegungsabläufe war, die ich so zügig wie früher durchführen konnte. Statt dessen musste ich nunmehr versuchen, im Sitzen eine ganz bestimmte Grundhaltung einzunehmen, d.h. den Anweisungen der Ergotherapeutin folgend, nach vorne auf die Bett- oder Stuhlkante rutschen, dann den Oberkörper gerade nach vorne beugen, das Gewicht auf die Beine verlagern und mich - ganz auf das Aufstehen konzentriert - schließlich langsam erheben.

Mich bei allem, was ich tue, zur Langsamkeit zu zwingen, war das, was mir nach meinem Schlaganfall am schwersten fiel! Nur ganz allmählich lerne ich, auf die Warnungen meines Körpers zu hören, mir für alle Tätigkeiten mehr Zeit zu nehmen und den Rhythmus sämtlicher Bewegungsabläufe meiner neuen Lebenssituation anzupassen.

Während einer Therapiestunde hatte ich bei dem Versuch, mich aus der Sitzposition heraus auf meine linke Seite zu legen, vergessen, mit der rechten Hand den linken Arm vorzuziehen und fiel dadurch mit meinem ganzen Gewicht ungeschickt auf den im Handgelenk verdrehten und nach hinten gerutschten Arm. Seitdem schmerzte das linke Schultergelenk sowie das leicht angeschwollene Handgelenk derart, dass der mich behandelnde Arzt in einem nahen Krankenhaus zur Sicherheit Röntgenaufnahmen machen ließ, um eine Fraktur oder eine Subluxation auszuschließen.

Während der Fahrt dorthin bemerkte ich erstaunt, wie sehr sich die Natur seit Anfang April verändert und was ich alles verpasst hatte! Die Bäume standen bereits in vollem Grün und in den kleinen Vorgärten erkannte ich beim Vorüberflitzen durch das kleine Krankenwagenfenster üppig blühende Forsythiensträucher, gelbfarbene Osterglocken, Narzissen immer wieder farbenprächtige Tulpenbeete.

Da die Röntgenologen weder eine Faktur noch eine Subluxation feststellen konnten, wurden mir vorübergehend Schmerzmittel verabreicht. Trotzdem blieben die Beschwerden wochenlang bestehen und waren bei ganz bestimmten passiven Armbewegungen und bei einer extremen Belastung des Handgelenkes noch viele Monate lang spürbar.

In meiner vorletzten Reha-Woche, also ein Vierteljahr nach meinem Schlaganfall, konnte ich erstmals während einer ergotherapeutischen Behandlung - bei der die Therapeutin geduldig versuchte, durch sanftes Bestreichen des Unterarmes mit einer Vogelfeder taktile Reize zu setzen und bestimmte Muskeln zu stimulieren - mit großer Willenskraft und zur Freude aller die bis auf den Daumen zuvor vollkommen bewegungslosen Finger ein klein wenig strecken!

Nach einigen auf meinen Wunsch hin durchgeführten Behandlungen mit einem Bio-Feedback-Gerät gelang es mir, die Finger kurzfristig in dieser Position zu halten, die gesamte Hand im Handgelenk spontan ein wenig anzuheben und eine leichte Innenrotation durchzuführen. Eine Drehung nach außen war zu dieser Zeit noch nicht möglich.

Das erwähnte, auch „Auto Move" genannten Therapiegerät ist in der Lage, eine „intentionsabhängige Muskelstimulation" zu bewirken. Das heißt: Sobald ein Mensch sich eine ganz bestimme Arm-, Hand- oder Beinbewegung intensiv genug vorstellt, werden - wie man heute weiß - im Gehirn ganz bestimmte Aktivitäten, sogenannte „Bereitschaftspotentiale" ausgelöst.

Nach Schlaganfällen oder anderen mit Lähmungen einhergehenden Hirntraumen sind diese Bereitschaftspotentiale jedoch viel zu schwach, um die von der Lähmung betroffenen Muskeln in irgendeiner Weise zu aktivieren.

An jedem Auto-Move-Gerät befinden sich zwei dünne selbstklebende Elektrodenkabel, welche zu Beginn der Therapie an dem zu behandelnden Muskel angebracht werden. Diese beiden Elektroden sind in der Lage, die vom Gehirn ausgesandten schwachen Bereitschaftspotentiale zu registrieren und in ein elektrisches Stimulationssignal umzuwandeln, das kräftig genug ist, eine deutliche wahrnehmbare Bewegung der betreffenden Muskeln hervorzurufen.

Man geht bei dieser Therapie davon aus, dass sich durch die häufige Wiederholung ganz bestimmter Bewegungen im Gehirn neue nervale Verknüpfungen bilden, wodurch der Patient in die Lage versetzt wird, verlorengegangene Bewegungsmuster neu zu erlernen. Da sich die Auswirkungen eines Schlaganfalls von Fall zu Fall sehr unterscheiden und die einzelnen Patienten dieses kognitive Wiedererlernen unterschiedlich gut bewältigen, sind auch die Erfolge dieser Therapie verschieden.

Einige Tage später gelang es mir, wenn ich auf dem Rücken lag, den linken Unterarm mit großer Anstrengung kurz vom Bett abzuheben und wieder hinzulegen. In den nächsten Tagen versuchte ich immer wieder heimlich, diese Übung zu wiederholen. Als mein Mann mir bald darauf wie allabendlich bei seinem Abschied noch einmal zuwinkte, konnte ich ihm zu seiner großen Überraschung erstmals mit der leicht angehobenen linken Hand - wenn auch nur ganz kurz und zitterig, aber überglücklich - „zurückwinken".

Nachdem ich die ärztliche Erlaubnis erhalten hatte, in seiner Begleitung das Schwimmbad zu benutzen, beschlossen wir, diese Gelegenheit möglichst oft zu nutzen.

Als wir uns mitsamt unseren Badesachen (aus optischen Gründen wurde es den Patienten dieser Reha nicht gestattet, sich außerhalb ihrer Zimmer im Bademantel zu bewegen) das erste Mal frohgemut mit dem Aufzug auf das unterste Geschoss zu bewegten, in welchem sich neben den Räumlichkeiten für physikalische Therapien, Massagen, Fangopackungen und diverse Wasseranwendungen auch eine kleine Turnhalle und das Schwimmbad befand, ahnten wir nicht, in welch eine unerwartete, von ihm keineswegs als „komisch" empfundene Situation mein Mann in wenigen Minuten geraten würde.

Der Eingang zum Schwimmbad war mit vier eindeutig gekennzeichneten Türen versehen. Auf den beiden linken prangte ein großes „D" und auf den beiden rechten ein ebenso großes „H". Darüber hinaus befand sich auf den beiden mittleren das allgemein bekannte Rollstuhlemblem, welches darauf hinweist, dass diese Eingänge weiblichen bzw. männlichen Behinderten vorbehalten sind.

Nicht wissend, wie weit ich in einer für mich fremden Umgebung vor und vor allem nach dem Baden mit dem Umkleiden zurecht kommen würde, beschloss mein Mann, nachdem er mich mit meinem Gefährt durch die für weibliche Rollstuhlfahrer vorgesehene Tür geschoben hatte, für alle Fälle an meiner Seite zu bleiben. Als wir uns in der Umkleidekabine umsahen, waren wir ob der großzügigen und zweckmäßigen Einrichtung dieses Raumes freudig überrascht. Erblickten wir doch neben einer geräumigen Liege eine blitzsaubere, mit behindertengerechten Haltegriffen ausgestattete Toilette sowie ein großes Waschbecken mit Spiegel!

Das einzige, was fehlte, war ein sogenannter „Duschroll-stuhl", ohne den Behinderte, wie mein Mann von einem eigenen früheren Reha-Aufenthalt her wusste, den eigentlichen Badebereich nicht befahren dürfen.

Darum wollte er, nachdem wir uns umgezogen hatten, sich erst einmal auf die Suche nach einem solchen begeben.

Kaum hatte er die mit dem Hinweis „Schwimmbad" versehene Pendeltür durchschritten, vernahm ich die Stimmen mehrerer aufgebrachter Frauen, die gegen irgendetwas oder irgendwen lautstark zu protestieren schienen. Da sich der plötzliche Tumult im Nebenraum abspielte und sich somit meiner Beobachtung entzog, rätselte ich im Stillen, was wohl der Grund für diesen so plötzlichen Tumult sein könne.

Wie mein Mann mir im Nachhinein schilderte, war er, ohne es zu wissen, nicht - wie er es von seinem früheren Reha-Aufenthalt her kannte - in einem für Behinderte beiderlei Geschlechts bestimmten, mit Duschkabinen versehenen und dann weiter ins Schwimmbad führenden Areal, sondern in einem den „normalen" Damen-Umkleidekabinen vorgelagerten Aufenthaltsraum gelandet.

Dass der von ihm betretene Raum normaler Weise nur weiblichen Badegästen vorbehalten ist, dämmerte ihm erst, als er sich vier betagten, ihn voller Entrüstung anstarrenden und trotz ihres hohen Alters offenbar äußerst energischen Damen gegenüber sah.

Bevor er ihnen irgendetwas erklären konnte, ging bereits eine heftige Schimpfkanonade auf ihn nieder, mit der sie ihr Territorium gegen den männlichen Eindringling in Gestalt meines Mannes zu verteidigen suchten. Dieser schritt jedoch ungeachtet ihrer Einschüchterungsversuche ruhig und zielbewusst auf zwei in der Ecke des Raumes stehende Duschrollstühle zu, bemächtigte sich eines Gefährtes und verschwand, ohne das ihn verdutzt beobachtende weibliche Quartett eines weiteren Blickes zu würdigen, mit ihm in meiner Behinderten-Kabine, in der ich, verwundert über das laute Gezeter, auf seine Rückkehr gewartet hatte.

Als der von ihnen so heftig Attackierte kurz darauf - mich im Rollstuhl vor sich her schiebend - wieder herauskam, um mit mir die Duschkabinen aufzusuchen, verstummte das Gespräch der sich inzwischen wieder vergnüglich unterhaltenden Damen abrupt. Sie schauten auf einmal ganz betreten drein und eine meinte, meinen Mann anschauend, mit einem verlegenen Lächeln: „Entschuldigen Sie bitte, d a s haben wir nicht bedacht!"

Auf meine spätere Frage, um was es bei dem lautstarken Aufruhr eigentlich gegangen sei, antwortete dieser nur lakonisch: "Wiever!" (was auf Hochdeutsch „Weiber" heißt).

Nach dem Duschen wurde ich von ihm bis unmittelbar an den Schwimmbeckenrand gefahren, da das Gehen auf dem nassen, glitschigen Boden der Halle für mich zu gefährlich gewesen wäre. Dort angekommen, schaffte ich es, kleinen Kindern gleich mich mit beiden Händen an dem Handlauf festhaltend und von meinem Mann gestützt, vorsichtig Stufe für Stufe nehmend, die kurze, ins Nichtschwimmerbecken führende Treppe hinunter und von dort langsam in das tiefere Wasser zu gehen. Bei unseren am Beckenrand gemeinsam durchgeführten gymnastischen Übungen genoss ich erst einmal ausgiebig die durch den Auftrieb bedingte Schwerelosigkeit des ganzen Körpers! Ließ ich jedoch den Handlauf los, bereitete mir das freie Stehen im brusttiefen Wasser trotz des in Brusthöhe angelegten Schwimmgürtels anfänglich ziemliche Schwierigkeiten. Sobald das Wasser durch das Planschen anderer Badegäste in Bewegung geriet, kam ich aus dem Gleichgewicht und drohte auszurutschen. Auch hatte ich bei meinen ersten Schritten im Wasser große Schwierigkeiten „Kurs zu halten", da ich immer nach der gelähmten Seite hin wegzudriften drohte. An der Hand meines Mannes fühlte ich mich jedoch derart sicher und leicht, dass ich trotz des Wasserwiderstandes das ganze Schwimmbecken - zwar etwas kippelig, aber ohne jedes Angstgefühl - mehrmals quer durchschreiten konnte. Welch ein Erlebnis! Wären wir alleine gewesen, hätte ich vor lauter Freude laut gejuchzt.

Nachdem wir eine halbe Stunde im Wasser verbracht hatten, mussten wir, um mich nicht zu überanstrengen, unser Badevergnügen für diesen Tag leider beenden!

Da mein Mann keinerlei Lust verspürte, sich ein zweites Mal von Damen gleich welchen Alters verbal attackieren zu lassen, wir aber wieder zu meinem Rollstuhl und unserer Kleidung zurückkehren mussten, beschloss er, versuchsweise mit mir über „die Herrenroute" zum Ausgang zu fahren, um von dort aus wieder in die Behinderten-Kabine für weibliche Badegäste und somit zu unseren Sachen zu gelangen.

Und siehe da, die Herren bereiteten uns keinerlei Probleme und ließen mich überall freundlich lächelnd passieren.

Von nun an benutzten wir bei unseren folgenden Schwimmbadbesuchen von vornherein nur noch diesen für meinen Mann so viel angenehmeren Weg.

Bleibt nur noch geschwind anzumerken, dass das Ausziehen des nassen, am Körper klebenden Badeanzuges für mich zu dieser Zeit noch derart anstrengend und schwierig war, dass ich dies ohne die Hilfe meines Mannes nicht geschafft hätte.

Da ich früher immer gern geschwommen bin und mit dem Wasser vertraut war, machten uns die in diesem Element verbrachten Stunden enorm viel Spaß. Meine Bewegungen wurden von Mal zu Mal sicherer, und es dauerte nicht lange, da konnte ich auf den Schwimmgürtel verzichten und überglücklich völlig frei - und immer schön mit den Fersen zuerst auftretend - durch das Wasser gehen. Selbst ein durch tollende Kinder ausgelöster heftiger „Wellengang" brachte meine Standhaftigkeit nicht mehr zum Wanken.

Allerdings blieb mein lieber Begleiter voller Aufmerksamkeit immer dicht neben mir. Ein unerwartetes plötzliches Ausrutschen sowie vorsichtige Schwimmversuche hatten nämlich gezeigt, dass ich ohne Bodenkontakt durch den gelähmten, sich unkontrolliert im Wasser bewegenden und mich hierdurch aus dem Gleichgewicht bringenden Arm sofort ins Trudeln kam und dann große Mühe hatte, mich wieder auf die Beine zu stellen. Legte mein Mann mich jedoch behutsam mit dem Rücken auf das Wasser, konnte ich wie in früheren Zeiten, ruhig atmend und total entspannt eine Weile „toter Mann" spielen.

Eines Tages schaffte ich es sogar, im Anschluss an die übrigen Übungen, im wesentlich flacheren Wasser des Nichtschwimmerbeckens noch mehrere Achtertouren zu gehen. Zu unserer großen Freude deutete dies alles darauf hin, dass mein Gleichgewichtssinn erheblich besser und mein linkes Bein deutlich kräftiger geworden waren. Natürlich war ich hinterher fix und fertig und heilfroh, wenn ich mich nach den Anstrengungen dieses Tages wieder auf meinen Rollstuhl setzen und in meinem Zimmer hinlegen konnte.

Zu meinem großen Frust musste ich jedoch erleben, dass meine durch das ungewohnt lange Gehen im Schwimmbad vermutlich überforderten Muskeln in den nächsten Tagen total streikten und sich nur ganz allmählich wieder erholten.

Parallel zu meinen Bewegungsübungen im Schwimmbad hatte das Gehen lernen „an Land" wesentlich langsamere Fortschritte gemacht. Das Aufstehen und das wieder Hinsetzen klappten seit einigen Wochen ja schon recht gut. Auch vermochte ich bereits zu meiner großen Freude, im Beisein eines Krankengymnasten, vorsichtig und auf den Stock gestützt, vom Rollstuhl aus ein bis zwei Meter bis zu dem für mich vorgesehenen Behandlungsliege zu schreiten. Zudem gelang es mir bereits mit entsprechender Hilfe, mich am Handlauf festhaltend, eine aus 12 Stufen bestehende Treppe hinauf- und wieder herunterzugehen. Das beruhigte mich sehr, würde ich doch daheim 21 Stufen zu bewältigen haben. Leider wurde das Treppensteigen in der Reha nur dreimal geübt, da eine mir neu zugewiesene Physiotherapeutin hinsichtlich meiner Behandlung andere Übungen für wichtiger hielt.

Wie ich erfuhr, wird in manchen großen Rehabilitationszentren der Arbeitsplan der Therapeuten „am grünen Tisch" unter Zuhilfenahme eines Computers erstellt, was aus wirtschaftlichen Überlegungen zwar verständlich, aber für die einzelnen Patienten nicht unbedingt von Vorteil ist. In der von mir besuchten Reha hatte dieses Vorgehen zur Folge, dass mit den Patienten gerade vertraut gewordene Krankengymnasten aus nicht erkennbaren Gründen manchmal schon nach 2 bis 3 Behandlungen, obwohl sie nach wie vor in den gleichen Räumen tätig waren, durch andere ersetzt wurden, wodurch - auch zum Missfallen der jungen, durchweg sehr engagierten Therapeuten selber - eine Kontinuität innerhalb der Therapie nicht gegeben war.

Da mein Schultergelenk bei jeder Bewegung immer noch stark schmerzte, hielten einige Physiotherapeuten es für vordringlicher, erst einmal über eine längere Zeit hinweg durch entsprechende krankengymnastische Behandlungen diese Schmerzen zu lindern, die Mobilität des gesamten Schultergürtels zu fördern und mein allgemeines Gleichgewichtsgefühl zu bessern. Danach folgten vor dem eigentlichen Lauftraining noch diverse vorbereitende krankengymnastische Stunden mit ganz bestimmten Bein-, Schulter und

Rumpfübungen, da ihre Beherrschung die beste Vorraus-
setzung für einen möglichst korrekten und auch optisch
relativ schönen Gang sei.

Kurz vor meiner Entlassung gelang es mir erstmals, am
Stock und durch die Therapeutin leicht von hinten gestützt,
ganz vorsichtig Fuß vor Fuß setzend, einen größeren Raum
zu durchqueren!

Allerdings hatte ich (ohne wie sonst ein nur wenige Schritte
entferntes Ziel wie z.B. den Rollstuhl oder die Behandlungsliege vor Augen zu haben) das Gefühl, als würde der
Boden unter meinen Füßen „schwimmen", was mich sehr
verunsicherte und von mir eine derartige Konzentration
erforderte, dass ich die übrigen in diesem Raum Anwesenden nur noch schemenhaft wahrnahm. Es war in etwa
so, als würde ich mit weichen Knien über morastigen Boden
oder über die Planken eines sanft im Wasser schaukelnden
Schiffes geleitet werden.

Einige Tage danach spürte ich, wie die Krankengymnastin
während unseres gemeinsamen Voranschreitens ihre Hände
ganz vorsichtig von meinem Rücken löste. Trotzdem ging
ich - den eingeschlagenen Geh-Rhythmus beibehaltend - die
nächsten Meter alleine weiter.

Während dieser ersten völlig selbständigen Schritte tauchte
urplötzlich eine längst vergessene Kindheitserinnerung in
mir auf: Es war mein 9. Geburtstag und ich hatte ein Fahrrad geschenkt bekommen! Bei meinem ersten Fahrversuch
lief meine Mutter, derweil sie mich fürsorglich am Rock-

bund festhielt, ein Stück weit neben mir her. Als ich nach den ersten kippeligen Metern richtig in Fahrt gekommen war und schön geradeaus zu radeln begann, merkte ich auf einmal, dass sie hinter mir zurückgeblieben und ich bereits ein mehrere Meter ganz alleine gefahren war. Vor Freude laut juchzend radelte ich weiter, bis der warnende Ruf meiner Mutter mich anhalten ließ.

Wie sehr sich diese Bilder doch ähneln! Nur war ich diesmal, nachdem ich auf den Stock gestützt den Raum durchquert hatte und total erschöpft auf einen Stuhl gesunken war, von dem so elementaren Glückserlebnis, nach meinem Schlaganfall erstmals wieder ein größere Strecke ganz alleine gegangen zu sein, derart überwältigt, dass ich in einen heftigen Weinkrampf ausbrach und große Mühe hatte, meiner besorgten Therapeutin klar zu machen, dass diese Tränen lediglich Freudentränen seien!

Schon in den letzten drei Wochen meines Reha-Aufenthaltes hatte ich bemerkt, dass meine Rumpfmuskulatur trotz der krankengymnastischen Behandlungen, dem regelmäßigen halbstündigen Training im Schwimmbad und dem Fahren auf dem Reha-Fahrrad (ich strampelte während der Woche täglich 5-6 Kilometer) stetig schwächer wurde, was sich bei den weiteren Gehübungen in einem immer häufigeren „Durchschlagen" des linken Knies und in einem Absacken und seitlichen Wegknicken im Hüftbereich während der Belastungsphase äußerte!

Zu Hause würden sich - so meine Hoffnung und die der mich behandelnden Ärzte - durch die gänzlich anderen

Bewegungsmöglichkeiten die momentan noch schwachen Muskeln sicherlich sehr bald aufbauen und dem linken Bein beim Gehen den nötigen Halt geben!

Wenige Tage vor meiner Entlassung, Anfang August, gestattete man mir auf meine Bitte hin, auch unbeaufsichtigt an dem 5 Meter langen, in dem Flur vor meinem Zimmer angebrachten Handlauf das Gehen zu üben.

Wenn ich mit meinem Rollstuhl dicht an diesen herangefahren und nach sorgfältiger Arretierung der Rollstuhlbremsen aufgestanden war, konnten meine Gehversuche beginnen. Mit der rechten Hand auf den Handlauf gestützt, schaffte ich es an guten Tagen, zwei bis drei mal, die 5 Meter an der Flurwand entlang zu gehen und sobald das Ende der Stange erreicht war im „Rückwärtsgang" (da ich mich ja mit der rechten Hand festhalten musste) aber noch „sicheren Fußes" und rundherum zufrieden wieder zu dem auf mich wartenden Rollstuhl zurückzukehren.

Wieder daheim

Da ich in der Reha mit den dort anfallenden alltäglichen Dingen schon recht gut zurecht kam, wurde mir merkwürdiger Weise erst nach der Ankunft in unserer Wohnung, die ich am 8. April - zwei Stunden vor meinem Schlaganfall - ja noch topfit verlassen hatte, das ganze Ausmaß meiner Behinderung so richtig bewusst!

Unsere Räume sind für einen Rollstuhl absolut ungeeignet, so dass ich dort auf dieses, mir inzwischen so vertraute Gefährt verzichten musste. Weil mein Mann noch schnell etwas zum Essen einholen wollte, setzte er mich, nachdem wir die Treppe gemeistert und in unserer Wohnung angelangt waren, behutsam in einen Sessel mit der Mahnung: „Steh nur ja nicht während meiner Abwesenheit auf! Wenn Du Dir jetzt noch einen Arm oder ein Bein brichst, sind wir aufgeschmissen!" Seine Warnung war berechtigt, denn eine uns gut bekannte Dame war erst kürzlich, als sie endlich, mehrere Monate nach ihrem Schlaganfall wieder zu Hause sein konnte, dort gestürzt, hatte sich einen Oberschenkelhalsbruch zugezogen und musste sich im Anschluss an ihre Operation wiederum für mehrere Wochen in eine Reha begeben.

Nachdem mein Mann die Türe hinter sich zugezogen hatte, konnte ich mich erstmals in aller Ruhe im Wohnzimmer umschauen. Alles war so vertraut und doch in irgendeiner Weise fremd. Die von den Reha-Therapeuten als mögliche „Stolperfallen" bezeichneten Teppichläufer hatte mein

Mann vor meiner Ankunft fürsorglich aufgerollt und provisorisch hinter einem Schränkchen verstaut.

Die abrupte, durch meinen Schlaganfall bedingte Änderung unseres ganzen Lebensstils musste auch für ihn eine gewaltige Umstellung gewesen sein! Während für mich das in Ordnung halten der Wohnung auch ohne eine Raumpflegerin nie ein Problem gewesen war und ich die Hausarbeit zumeist in seiner Abwesenheit erledigt hatte, waren urplötzlich Aufgaben auf ihn zugekommen, die ihn einfach überfordern mussten. Dazu kam die Sorge um mich und seine wochenlangen täglichen mehrstündigen Besuche in der Reha, während der er mir in seiner lieben Art immer wieder Mut machte. Er wusch meine Sachen, begab sich sogar an das Bügeln meiner Schlafanzüge und T-Shirts, erledigte den Schreibkram sowie alle anfallenden Formalitäten für mich und vieles andere mehr! Da war die Wohnung, in der es nach meiner dreimonatigen Abwesenheit in jeder Hinsicht „chaotisch" aussah, für ihn eine absolute Nebensache. Das war sie unter diesen Gegebenheiten ja auch!

Aber ich bin nun einmal ein „Augen-Mensch" und habe es, obwohl ich weder putzwütig noch besonders ordentlich bin, um mich herum immer gern ein wenig schön. Mit dem Rollstuhl war ich in der Reha sehr beweglich gewesen, hatte auf Grund meiner Geschicklichkeit von diesem Gefährt aus bereits so mancherlei Dinge in meinem Zimmer selbständig ordnen können und mich inmitten der anderen behinderten Leidensgenossen, denen es teilweise noch sehr viel schlechter ging als mir, schon richtig stark gefühlt.

Zu Hause war plötzlich alles anders! Als ich so alleine und zur Passivität „verdonnert" in meinem Sessel saß, erlebte ich seit längerer Zeit wieder einen meiner seltenen „seelischen Durchhänger"! Was mich daheim so bedrückte, war weniger das begreifliche Durcheinander in unserer Wohnung, sondern meine Unfähigkeit, auf irgend eine Weise ordnend einzugreifen sowie die damit verbundene Erkenntnis, dass ich noch keineswegs so selbständig war, wie ich geglaubt hatte und vorerst wohl rund um die Uhr auf die Hilfe meines Mannes angewiesen sein würde, eine Situation, die ich ihm so gerne erspart hätte!

Während meines Grübelns fragte ich mich, wie es wohl den anderen betagten, durch ihr Hirntrauma total hilflos gewordenen Menschen, auf die zu Hause niemand mehr wartet, nach ihrer Entlassung aus der Reha ergehen würde? Oder den jungen, sich gerade im Existenzaufbau befindlichen Familienvätern, deren festumrissene Zukunftspläne nach ihrem Schlaganfall wie ein Kartenhaus zusammengebrochen waren?

Mit wie vielen traurigen Biographien war ich in der Reha konfrontiert worden! Ich dachte auch an Herrn B., welcher, wie bereits erwähnt, nach seinem Schlaganfall mehrere Wochen auf der gleichen Etage wie ich verbrachte. Leider hatten sich seine schweren Sprachstörungen bis zum Ende meiner Reha-Zeit trotz aller logopädischen Übungen noch nicht gebessert! An ihn denkend, kam mir wieder die folgende Begebenheit in den Sinn:

Es war ein Tag, an welchem mir schon beim Waschen und Anziehen alles Mögliche schief gegangen war. Als dann auch noch während der krankengymnastischen Übungen nichts zu gelingen schien und meine derzeitige, immer Ruhe und Zuversicht ausstrahlende Therapeutin erstmals unzufrieden dreinblickte, weil ich mal wieder versäumt hatte, vor dem Aufstehen aus dem Rollstuhl diesen vorschriftsmäßig zu arretieren und nach wie vor zu hastig und zu schnell auf ihre manuellen Hilfen reagierte, geriet ich - immer noch übersensibel reagierend - zum ersten Mal nach meinem Schlaganfall in ein regelrechtes Stimmungstief!

Mit den Zweifeln an eine weitere Befindensbesserung gingen mir alle möglichen trüben Gedanken durch den Kopf. Vielleicht wäre es für meinen Mann besser gewesen, wenn ich den Schlaganfall nicht überlebt hätte! Vielleicht würde er seinen Lebensabend, den wir beide nach unserer Verrentung doch so richtig genießen wollten, nun mit einem stark behinderten Menschen verbringen müssen! Allein diese Vorstellung machte mich so traurig, dass ich schon auf dem Weg zu meinem Zimmer zu weinen begann.

Da dort gerade geputzt wurde, dirigierte ich meinen Rollstuhl, so schnell ich konnte, zu einem am Ende des Flurs befindlichen Balkon, wo ich - von anderen unbeobachtet - meinen Tränen freien Lauf lassen konnte.

Auf einmal erblickte ich Herrn B., welcher, wohl in der Absicht ein wenig an der frischen Luft zu verweilen, hinter mir her gefahren war und neben mir innegehalten hatte. Als er bestürzt bemerkte, dass ich weinte, schien er etwas sagen zu wollen. Da ihm dies nicht gelang, lächelte er wie immer wehmütig, berührte unbeholfen - fast ein wenig scheu - ganz sanft meinen Arm und schaute mich dabei - wohl spürend, was in mir vorging - so verständnisvoll und gütig an, dass angesichts seines Schicksals meine Sorgen plötzlich klein und nichtig wurden! Dann wendete er sein Gefährt und rollte, nachdem er mir noch einmal zugenickt hatte, so lautlos wie er gekommen, in sein Zimmer zurück.

Bezeichnender Weise vermochten die zarte Geste und der mitfühlende gütige Blick eines Menschen, der selber sehr viel schlimmer daran war als ich - mehr als Worte es ge-konnt hätten - mich wieder aufzurichten und alle trüb-sinnigen, zu nichts führenden Grübeleien und unsinnigen Ideen, bevor sie sich in meinem Kopf einnisten konnten, restlos zu vertreiben.

Während ich mich daheim an ihn und die anderen vom Schicksal so viel ärger gebeutelten Menschen erinnerte, begann ich mich ob meines momentanen Frustes vor mir selber zu schämen.

Gab es doch gerade für mich derart viele Gründe, fröhlich und unendlich dankbar in die Zukunft zu schauen: Als Rentnerin bin ich finanziell abgesichert, habe einen lieben, fürsorglichen Mann an meiner Seite und kann mich mit ihm, da mein Sprachzentrum intakt geblieben ist und auch meine mentalen Fähigkeiten keine Einbuße erlitten haben, wie früher unterhalten!

Nach diesem gedanklichen Exkurs nahm die Freude, endlich wieder daheim zu sein, derart überhand, dass ich es kaum erwarten konnte, meinen heimkehrenden Mann mit einem glücklichen Lächeln zu empfangen!

Am 4. August, also bereits 4 Tage nach meiner Entlassung aus der Reha, fuhren mein Mann und ich zu einem holländischen Physiotherapeuten, welchen wir von früheren Behandlungen her kannten und wegen seines fachlichen Könnens und seiner heiteren, immer Ruhe, Sicherheit und Zuversicht ausstrahlende Art beide sehr schätzen. Seitdem erhalte ich bei ihm pro Woche zwei krankengymnastische Doppelstunden nach Bobath.

Kurz darauf nahm sowohl die Beweglichkeit des Handgelenkes, der Finger als auch die des linken Unterarmes kontinuierlich zu. Wie glücklich war ich, als es mir - wenn auch nur mit großer Konzentration und Anstrengung - während der Therapiestunden und später auch zu Hause immer öfter gelang, die linke Faust selbständig zu öffnen, meine Finger zu strecken und mehrmals auf und ab zu bewegen.

Im Bett liegend, probierte und probiere ich morgens immer alle möglichen Hand- und Armbewegungen aus und mache regelmäßig die mir von meinem Therapeuten angeratenen Übungen. So bemerkte ich eines Tages, dass ich, was vorher ohne mehrmalige Anläufe nicht möglich war, mit dem linken Zeigefinger ein angepeiltes Ziel, wie z.B. meine Nase oder mein Kinn, antupfen und die Finger beider Hände wieder, ohne dass sie ihren richtigen Platz erst suchen mussten, wie zum Gebet falten konnte.

Mein Gang wurde von Tag zu Tag etwas sicherer, sodass ich mich, sofern ich mich an irgendwelchen Möbeln festhielt, innerhalb der Wohnung schon relativ gut zu bewegen vermochte.

Nachdem ich von meinem Mann im Rollstuhl in einen nahen Park gefahren worden war, schaffte ich es einmal sogar, dort etwa 100 Meter weit am Stock zu gehen, was meine Beinmuskeln allerdings so anstrengte, dass ich in den nächsten Tagen total „platt" war und nichts mehr ging.

Dank der krankengymnastischen Behandlungen ließen auch die Schmerzen im Schultergelenk mehr und mehr nach. Ich konnte den linken Ellenbogen deutlich besser anheben und es gelang mir sogar - wenn auch mühsam - den hochgerutschten rechten Pullover-Ärmel mit den Fingern der linken Hand nach unten zu ziehen. Nur die Oberarmmuskeln des linken Armes taten des öfteren nach besonderen Anstrengungen oder irgendwelchen zu Hause noch „falsch" durchgeführten Bewegungen infolge partiell auftretender Verspannungen ganz schön weh.

Einige Zeit später gelang es mir zu meiner Freude erstmals, im Liegen den sich immer noch schwer anfühlenden linken Arm senkrecht in die Höhe zu heben, ihn ohne Hilfe der rechten Hand zitterig kurz in dieser Stellung zu halten (wobei sich die Hand natürlich wie bei jeder größeren Anstrengung immer noch zur Faust ballte) und ihn, ohne dass er unkontrolliert herunterfiel, im Ellenbogen anzuwinkeln und langsam wieder abzulegen.

Urplötzlich kam mir wieder der den krankengymnastischen Behandlungen vorbehaltenen Reha-Raum in den Sinn, in welchem zumeist mehrere Patienten gleichzeitig behandelt wurden. Wie hatte ich derzeit diejenigen Leidensgenossen bewundert, die unter der Obhut ihres jeweiligen Therapeuten schon zu einem solchen „Kraftakt" in der Lage waren oder bereits ganz alleine mehrere Meter weit am Stock gehen konnten! Jetzt gehörte auch ich zu den Glücklichen, die beides konnten und wurde - wie so oft - von einer tiefen Dankbarkeit erfüllt!

Da mir anfänglich selbst ganz leichte, zwischen die noch weitgehend gelähmten Finger geschobene Dinge wie z.B. ein Strumpf, ein Bleistift oder ein Papier nach 2-3 Sekunden aus der Hand fielen und ich deshalb manche Dinge, um sie - auf den Stock gestützt - von A nach B zu tragen, zwischen meine Lippen pressen musste, bastelte mein Mann auf meinen Vorschlag hin für derartige „Kleintransporte" ein Körbchen, das ich um den Hals hängen konnte. Dies war für mich ein weiterer wichtiger Schritt auf dem Weg in die Selbständigkeit! Während ich ihn bis dahin immer wieder bitten musste, mir dieses und jenes zu bringen, konnte ich mir nunmehr zu meiner Freude viele leichte Dinge wie Tempotaschentücher, einen Apfel, meinen Kreuzworträtselblock, einen Bleistift oder meine Patiencekarten selber holen.

Und es dauerte gar nicht lange, da war ich plötzlich in der Lage, ein Schulheft oder eine Zeitung mit angewinkeltem Arm sicher von einem Zimmer in das andere zu tragen, wobei ich die tragende linke Hand, so gut es ging, an meinen Körper presste. So wurde ich von Tag zu Tag kräftiger und zuversichtlicher!

Leider setzte just zu dieser Zeit eine mehrere Wochen andauernde Hitzeperiode ein, welche mich total zurück warf! Trotz guter Belüftung hatten wir selbst nachts des öfteren noch bis 29 Grad Celsius in der Wohnung. Mein Kreislauf erlaubte mir gerade noch, bis zur Toilette zu gehen. Danach musste ich mich ausruhen oder hinlegen. Die bereits erlernten Arm- Hand- und Fingerübungen führte ich, so gut es ging, weiter durch.

Da sich mein linkes Bein plötzlich sehr viel kälter und auch tauber als sonst anfühlte und seine Tiefensensibilität und somit auch das Gefühl für eine sichere Fußung deutlich nachgelassen hatte, wurde zur Sicherheit noch einmal eine Kernspintomographie durchgeführt, welche aber keinen Hinweis auf einen zweiten, kleineren Schlaganfall, auf ein sogenanntes „Schlägele", wie die Schwaben sagen, gab. In diesen so belastenden Wochen wurde meine Beinmuskulatur infolge ihrer Inaktivität wieder erheblich schwächer und mein Gang immer unsicherer.

Während es mir bis dahin in Anbetracht der steten kleinen und größeren Fortschritte zumeist gelungen war, heiter und voller Zuversicht zu bleiben und nach dem Motto meiner Mutter „Jammern nützt nichts!" gegen die Folgen des Schlaganfalls angekämpft hatte, begann ich mit der zunehmenden körperlichen Schwäche wiederum an einer weitgehenden Besserung meiner Behinderung zu zweifeln. Vor allem befürchtete ich, nie mehr richtig gehen zu können!

Was dann ein paar mal völlig unkontrolliert aus mir herausbrach, war kein normales Weinen, sondern ein von mir nicht zu bremsender Weinkrampf, dessen Heftigkeit mich zutiefst erschreckte! Da mein Mann ständig in meiner Nähe war, konnte ich meine Tränen leider nicht vor ihm verbergen. Doch er verstand nur zu gut, was in mir vorging und ermutigte mich immer wieder leise, diesen Ausbruche der Verzweiflung zuzulassen und nicht gegen meine Tränen anzukämpfen. Dank seiner Hilfe fand ich recht bald wieder aus diesem seelischen Tief heraus.

Nun galt es, vor allem Geduld zu haben und, ohne mich selber unter Druck zu setzen, mit neuem Mut wieder da anzuknüpfen, wo meine Befindensverschlechterung eingesetzt hatte. Hierbei halfen mir natürlich in erste Linie mein Mann, gute Freunde sowie mein holländischer Therapeut aber auch das von der *Stiftung Deutsche Schlaganfallhilfe* empfohlene Buch „Und wieder blühen die Rosen. Mein Leben nach dem Schlaganfall" (Hildegund Heinl, Kösel-Verlag, ISBN 3-466-30556-X).
Hildegund Heinl, Ärztin für Orthopädie und Psychotherapie, schrieb dieses überaus lesenswerte Buch, nachdem sie im Alter von knapp 80 Jahren einen Schlaganfall erlitten hatte.

Bis zum Erhalt dieses Buches hatte ich mich noch nicht zum Lesen irgendeiner Lektüre aufraffen können! Zum einen, weil mir das Festhalten von Büchern oder Zeitschriften sowie das Umblättern der Seiten durch die Unbeholfenheit und Schwere der linken Hand erhebliche technische Schwierigkeiten bereitete, zum andern, weil ich in dieser Phase der Rehabilitation noch so mit mir selber und dem Aufarbeiten der Geschehnisse beschäftigt war, dass ich es nicht vermochte, mich längere Zeit auf andere Themen zu konzentrieren. Darum verspürte ich zunächst auch keinerlei Verlangen, das Fernsehgerät einzuschalten, um mich über die Tagespolitik zu informieren oder irgendeinen Spielfilm anzuschauen. Zudem war ich zwischen meinen eigenen Aktivitäten und nach den krankengymnastischen Übungen, auf die ich mich jedes Mal sehr freute, derart müde, dass ich abends nicht selten schon um 19 Uhr in einen tiefen Schlaf fiel.

Das Buch von Frau Heinl habe ich jedoch regelrecht „verschlungen"! Fand ich doch zu meiner Erleichterung in vielen Passagen Beobachtungen, Ängste sowie andere seltsame Empfindungen beschrieben, die den von mir nach meinem Schlaganfall gemachten Erfahrungen weitgehend entsprachen!

Als meine Münchener Freundin erfuhr, dass wir bisher vergeblich nach einer Raumpflegerin Ausschau gehalten hatten, war ihr klar, dass für die Genesung und das Wohlbefinden einer nach einem Schlaganfall aus der Reha entlassenen Hausfrau gerade die häusliche Umwelt eine nicht zu unterschätzende Rolle spielt. In ihrer spontanen, unkomplizierten Art fackelte sie nicht lange, buchte übers Internet ein Hotel, setzte sich, mit allen möglichen Putzutensilien bewaffnet, ohne uns ihr Vorhaben zuvor kund zu tun, ins Auto und fuhr unverzüglich mit ihrem lieben, sie ohne Murren chauffierenden Mann „mal eben" von München nach Bad Neuenahr, um unsere Wohnung „wieder so richtig auf Vordermann" zu bringen. Während sie des morgens voller Tatkraft herumwerkelte, kutschierte sie mich nachmittags mit dem Rollstuhl durch die Parks oder an der Ahr entlang zu irgendeinem Cafe, um mit mir wie in alten Zeiten bei Kaffee und Kuchen in aller Ruhe zu „ratschen. („Ratschen" ist die bayrische Kurzform für „sich ausgiebig über alles mögliche unterhalten"), wobei ihr herzhaftes Lachen und ihre Lebensfreude - wie immer - auf alle Menschen in ihrer Nähe ansteckend wirkte.

Auch meinem Krankengymnasten war nicht entgangen, wie sehr mich meine anhaltende Befindensverschlechterung bedrückte. Darum gab er mir den Rat, ein kleines Heft anzulegen und darin - möglichst ab sofort - jeden Tag eine kurze Notiz hinsichtlich meines Befindens zu machen. Auf diese Weise könne ich den positiven Verlauf meiner Fortschritte trotz der gerade bei Schlaganfallpatienten immer wieder zu erwartender Rückschläge sehr viel deutlicher verfolgen! Sobald die Hitzeperiode vorbei sei, würden, davon sei er überzeugt, die anscheinend verloren gegangenen Fähigkeiten allesamt recht bald wieder zurückkehren!

Seine Sicherheit gab mir ebenfalls neuen Mut! Ich griff den von ihm gemachten Vorschlag auf und schrieb, nachdem mein Mann mir eine große Kladde gekauft hatte, ab sofort stichwortartig alles auf, was mir irgendwie wichtig schien!

Allerdings bereitete mir das Schreiben zunächst unerwartete Schwierigkeiten, da meine zur Fixierung des Schreibmaterials auf den unteren Heftrand gelegte linke Hand, durch die Schwere des noch weitgehend gelähmten Armes immer wieder vom Tisch glitt. Dies hatte zur Folge, dass die

Kladde sich während des Schreibens ständig verschob oder von der herabrutschenden Faust zu Boden gezogen wurde und mühsam wieder aufgehoben werden musste. Das alles machte mich kribbelig und ließ meine Schriftzüge sehr krakelig werden.

Als ich einige Wochen später voller Freude entdeckte, dass ich auch mit nur einer Hand ganz gut auf unserem Computer schreiben konnte, übertrug ich meine schriftlichen und zum Teil ziemlich unleserlichen Tagebuchnotizen wortgetreu auf ein von meinem Mann für mich angelegtes „Computer-Tagebuch".

Diese Tätigkeit machte mir so viel Spaß, dass ich an guten Tagen anfing - parallel zu diesem Tagebuch - meine an mir gemachten Beobachtungen zu einem fortlaufenden, für meinen Mann und mich sehr viel leichter zu lesenden Bericht auszuarbeiten. Hierbei habe ich den mir besonders wichtig erscheinenden Erlebnissen und Erfahrungen bewusst viel Raum gewidmet, so dass in der nunmehr vorliegenden Niederschrift aus dem Computertagebuch übernommene Kurznotizen sowie die ausführliche Schilderung bestimmter Episoden miteinander abwechseln.

Leider musste ich die Erfahrung machen, dass auch das Schreiben mit dem Computer seine Tücken hat, da mich seit meinem Schlaganfall auch geistige Tätigkeiten ungemein anzustrengen scheinen! Wenn ich beispielsweise eine längere Zeit vor dem Bildschirm sitzend an diesem Bericht arbeite, ist mein Energieverbrauch offenbar so groß, dass meine körpereigenen Kraftreserven sehr rasch verbraucht sind und von jetzt auf gleich gar nichts mehr geht! Mein Denkvermögen ist dahin und mir wird derart wirr im Kopf, dass auch ich wie der Student in Goethes Faust in seinem Gespräch mit Mephisto sagen könnte: „Mir wird von allem dem so dumm, als ging´ mir ein Mühlrad im Kopf herum!"

4 Monate nach meinem Schlaganfall:

Nachdem ich während der großen Hitzeperiode in den vergangenen August-Wochen viel gelegen habe, hat sich mein Gang wieder deutlich verschlechtert! Wie zuvor in der Reha sacke ich nach den ersten Metern im Hüftbereich ein, wobei die Hüfte für jeden erkennbar nach links außen abknickt. Außerdem empfinde ich während der Phase des Auftretens im linken Bein nicht genau zu lokalisierende unterschiedlich starke Beschwerden in der Oberschenkelmuskulatur.

Die nächtlichen Arm-, Hand- und Beinspastiken haben sich deutlich verstärkt und sind umso intensiver, je aktiver ich zu Hause werde oder wenn an dem betreffenden Tag meine Schulter-, der Arm- oder das Bein besonders intensiv behandelt wurden. Die regelmäßige Einnahme von Magnesium, Calcium, Kalium oder Zink bringt (im Gegensatz zu den während meines Krankenhausaufenthaltes aufgetretenen schmerzhaften Wadenkrämpfen) keine Verminderung dieser eigenartigen Symptomatik. Eine Blutuntersuchung ergab völlig normale Elektrolytenwerte.

Tagsüber treten diese spastischen Erscheinungen lediglich im linken Arm und in der Hand auf. Bei allen Muskelüberforderungen (z.B. beim längerem Gehen oder Treppensteigen, bei dem Versuch, Kartoffel zu schälen usw.) nimmt mein linker Unterarm (indem er sich, ohne dass ich dies verhindern kann, brustwärts anhebt) für einige Sekunden auch heute noch die für Schlaganfallpatienten typische Haltung ein.

Erfreulicher Weise kann ich inzwischen den unteren Teil des schräg in Höhe meines Oberbauches über der Badewanne angebrachten Handlaufes erreichen. Da sich die linke Hand beim kräftigen Umfassen von Gegenständen sofort zur Faust ballt, versetzt mich diese ansonsten recht unangenehme Verkrampfung in die Lage, mich an diesem Griff so gut festzuhalten, so dass ich nunmehr ganz alleine in der mit einer rutschfesten Matte versehenen Badewanne stehend duschen kann. Das Ein- und Aussteigen in unsere relativ niedrige, für Senioren gedachte Wanne bereitet mir keine Schwierigkeiten, obwohl der linke Fuß nach dem Hochziehen des Beines noch immer den Wannenrand streift.

Wenn das Zusammenkrampfen der Hand oder das extreme krampfartige Strecken der Finger (auch das kommt hin und wieder vor) verschwunden ist, bleibt stets ein merkwürdiges Gefühl in dem gelähmten Arm und der betroffenen Hand zurück. Es ist kein Schmerz und auch kein Kribbeln! Es fühlt sich an, als würde permanent ein feiner elektrischer Strom die Gliedmaße durchfließen, welcher nicht nur eine Krümmung der Finger erzwingt, sondern auch ein leichtes Taubheitsgefühl in ihnen hervorruft, wodurch ihre Sensibilität gemindert wird. Nach sehr starken Anstrengungen spüre ich dieses Strömen stärker als sonst. Eines Tages machte ich rein zufällig eine eigenartige Beobachtung: Wenn ich in solchen Momenten mit meinem linken Zeigefinger und dem linken Daumen ein „0" forme, scheinen sich die Kuppen dieser Finger auf eine mir unerklärliche Weise geradezu magnetisch anzuziehen. Selbst wenn ich mich noch so sehr anstrenge, vermag ich in dieser Situation nicht, die beiden Finger ohne die Mithilfe der anderen Hand voneinander zu lösen.

Neben dem Einsacken im Hüftbereich schlägt das linke Knie - so ich mich nicht höllisch konzentrierte und die Pobacken bei jedem Schritt anspannte - zur Zeit ständig durch, was ich als sehr unangenehm empfinde. Außerdem fühlen sich an manchen Tagen der linke Arm, vor allem aber das linke Bein im Vergleich zu der betreffenden Gliedmaße der rechten Seite immer noch sehr viel kühler und die Zehen taub an. Auch habe ich seit meinem Schlaganfall bis heute an beiden Füßen (rechts nicht so stark wie links) das komische Gefühl, als ob sich zwischen den einzelnen Zehen und unter den Zehenansätzen kleine Watterollen befinden würden, was mich aber nicht allzu sehr stört.

Wie von meinem Therapeuten prophezeit - erlebte ich mit der Wetterbesserung - erstmals wieder einen richtig guten Tag! Nachdem ich im Rollstuhl bis zu einem nahen Park gefahren worden war, bin ich dort ca. 200 Meter weit am Stock gegangen und dies sogar „optisch schön" wie mein Mann sagte! Zwar machte das linke Bein beim Vorwärts-führen immer noch einen kleinen seitlichen Schlenker, aber die Hüfte knicke nicht mehr so nach außen weg.

Nach diesem ersten richtigen Spaziergang ging drei Tage lang gar nichts mehr! Die Beine waren wieder schwach und kippelig, das Knie schlug ständig durch, so dass ich am nächsten Tag draußen nur knapp 30 Meter zu gehen vermochte. Anscheinend hatte ich „meinen Akku" wieder einmal überfordert, wobei das Auffüllen meiner Energiereserven nunmehr leider erheblich mehr Zeit benötigt als früher.

Während meines morgendlichen Trainings im Bett entdeckte ich zufällig, dass ich mit der linken Hand mein rechtes Ohr erreichen, an ihm wie auch an meiner Nase zupfen und wieder wie früher mit den Daumen beider Hände „Däumchen drehen" kann.

5 Monate nach meinem Schlaganfall:

Da im September gute und schlechte Tage miteinander abwechselten, versuchten mein Mann und ich, durch kürzere Gehstrecken meine Beinmuskeln zu trainieren ohne sie zu überfordern.

Während im August meine Finger und besonders mein Zeigefinger beim Gehen schon nach den ersten Schritten anfingen zu krampften, wobei der linke Unterarm sich unfreiwillig hob, bleibt der Arm (sofern ich auf ihn achte!) nunmehr in seiner physiologischen Lage. Nur die Finger und vor allem der Zeigefinger zeigen durch ihre mehr oder weniger unfreiwillige starke Krümmung zuverlässig den Grad meiner Anstrengung an. Da mein linker Arm beim Gehen immer noch nicht mitschwingt, macht er auf Dritte nach wie vor den Eindruck einer gelähmten Gliedmaße.

Innerhalb der Wohnung versuche ich - je nach Tagesform mal mehr, mal weniger humpelnd - möglichst ohne Stock zu gehen.

Habe es gestern erstmals geschafft, das Frühstücksgeschirr abzuwaschen. Um dies bewerkstelligen zu können, musste ich mit der linken zur Faust geballten Hand die Teller und Tassen ganz fest gegen den Boden des Spülbeckens drücken, damit ich mit der rechten das so einigermaßen fixierte Geschirr abwaschen konnte. Dies war zwar noch sehr mühsam und schwierig, da der linke Arm und die linke Hand noch kraftlos sind, aber es klappte, ohne dass etwas zu Bruch ging. Das Abtrocknen der gespülten Gegenstände war allerdings zu diesem Zeitpunkt noch nicht möglich.

6 Monate nach meinem Schlaganfall:

Vorgestern hatten wir ein herrliches Oktoberwetter. Da ich mich richtig fit und rundherum wohl fühlte und wir Bad Tölzer Freunden unsere schöne Umgebung zeigen wollten, wurde ich von meinem Mann und mit dem Rollstuhl bis zu dem nahen, zu dieser Jahreszeit mit vielen blühenden Dahlienrabatten versehenen und daher zu recht „Dahliengarten" genannten Park gefahren, um ihnen unter anderem vorzuführen, wie gut ich bereits wieder gehen kann.

Am folgenden Tag war ich wieder total ab und müde. Aber das kannten wir ja nun schon und beunruhigte uns nicht weiter! Hatten wir doch inzwischen gelernt, die bei Schlaganfallpatienten durch irgendeine Überanstrengung oder durch Wetterwechsel bedingten Befindlichkeitswechsel als völlig „normal" zu akzeptieren und ohne Frust hinzunehmen, wohl wissend, dass es danach zumeist wieder deutlich bergauf geht.

Eines Tages probierte ich, mit einem Rollator draußen zu laufen. Das erwies sich jedoch weitaus schwieriger, als wir gedacht hatten. Meine linke Hand rutschte immer wieder vom Handgriff ab, so dass ich, was mich sehr anstrengte, das Gerät nur mit rechts steuern konnte. Außerdem stieß ich mit dem linken Fuß ständig gegen das linke Hinterrad des Rollators. Nach 50 Metern gaben wir es auf!

Im Bett liegend stellte ich vor dem Einschlafen zufälliger Weise fest, dass ich, was vorher noch nie möglich war, mit der linken Hand den rechten Arm bis etwa zur Schulter hinauf und wieder hinunter streichen konnte. Allerdings noch kraftlos, weshalb am nächsten Morgen das von mir so erstrebte Eincremen des rechten Armes noch nicht klappte.

Das Gehen in der Wohnung ist für mich nach wie vor anstrengend und wegen der z.T. recht engen Kurven und Passagen innerhalb des Flures auch schwierig. Da ich mich ständig darauf konzentrieren muss, beim Vorführen des linken Beines mit dem noch leicht nach außen schwingenden Fuß oder mit dem linken Oberarm anzuecken, wird die korrekte Fußung zu Hause zumeist ständig schlechter und der gesamte Gang immer wackeliger. Passe ich hingegen auf das richtige Gehen auf, rempele ich immer wieder mit dem gelähmten Oberarm irgendwo an. Offensichtlich sind bei der Apoplexie einige der den linken Oberarm und das linke Bein betreffenden Daten in meinem „inneren

Computer" abgestürzt und noch nicht wieder neu eingegeben oder einfach noch nicht wieder gespeichert worden. Das würde erklären, warum mein Unterbewusstsein in Bezug auf meinen Körperumriss die Breite schmaler Durchgänge offenbar immer wieder aufs Neue falsch einschätzt. Seitdem ich es mir aber zur Gewohnheit gemacht habe, nach jedem Anrempeln zurückzugehen und beim zweiten „Anlauf" das betreffende Hindernis langsam und mit Umsicht passiere, lässt das Anecken deutlich nach.

Habe vor einigen Tagen in Begleitung meines Mannes erstmals den Dahliengarten total umrunden können (dies ist eine Strecken von sicherlich 300 Metern) ohne nachher und an den folgenden Tag fix und fertig zu sein, was für mich ein tolles Erfolgserlebnis war!

Außerdem kann ich seit einigen Tagen, was zuvor unmöglich war, die linke Hand nun bis in die Höhe des Mundes führen. Zwar zitterig und unsicher, aber immerhin!

Mitte des Monats wollte ich wieder einmal versuchen, Kartoffel zu schälen. Aber die linke Hand ballte sich auch diesmal sofort krampfhaft zur Faust, so dass ich mein Vorhaben aufgeben musste. Da ich inzwischen die Griffe der auf dem Herd stehenden Kochtöpfe und Pfannen mit der linken Hand gut halten kann (wenn ich nicht zu fest zugreife, verkrampfen die Finger nur ganz leicht), ist das Bereiten von Pfannen-, Reis- oder Nudelgerichten usw. kein Problem mehr. Nur das Abschütten des kochendheißen Wassers muss mein Mann übernehmen, da dies für mich noch zu gefährlich ist.

An dieser Stelle möchte ich kurz auf das gut zu lesende, mit 101 Rezepten versehene Buch: „Kochen mit links, behindertengerechtes Kochen mit nur einer Hand", verweisen, welches von Herrn Hermann Schleinitz, 01277 Dresden, Telefon: 0351/3125376, (email: info@kochen-mit-links.de), einem seit vielen Jahren rechtsseitig gelähmten Leidensgenossen, geschrieben wurde. Vielleicht ist es für den einen oder anderen Leser eine nützliche Hilfe.

Das Kochbuch (160 Seiten) wurde im Dezember 2002 in der Neuen Druckerei in Luckenwalde gedruckt und wird im "Eigenverlag" zum Preis von € 14.90 zuzüglich € 1.80 Porto (Inland) und Verpackung vertrieben.

Vor meinem Schlaganfall habe ich mir nicht vorstellen können, wie komplex unsere nervalen körpereigenen Vernetzungen sind! Hier einige wenige Beispiele:

Vor ein paar Tagen hatte ich mir eine mit starken Halsschmerzen einhergehende Erkältung zugezogen. Seltsamer Weise traten meine nächtlichen Spastiken während dieser Zeit nicht nur, wenn ich mich im Bett herumdrehte oder des morgens mein Beine erstmals ausstreckte, sondern auch bei jedem schmerzhaften Abschlucken auf. Genau so erging und ergeht es mir auch heute noch beim Gähnen! Ein Symptom, das, wie ich aus Gesprächen mit anderen Leidensgenossen erfuhr, sehr vielen Schlaganfallpatienten zu eigen ist. Im Gegensatz zu damals kann ich nunmehr, so ich rechtzeitig merke, dass ich gähnen muss, das spastische Verkrampfen der Hand durch ein bewusstes „Gegensteuern" verhindern.

Auf dem Rücken liegend, vermag ich jetzt schon wesentlich leichter meinen linken Arm senkrecht hoch zu strecken und ihn längere Zeit, wenn auch zittrig, in dieser Stellung zu halten, ohne dass sich die Finger hierbei zu Faust ballen. Außerdem vermag ich in dieser Position die Hand mehrmals hintereinander zu öffnen und zu schließen und in beide Richtungen zu drehen.

7 Monate nach meinem Schlaganfall :

Tagebuch- Notizen:

„Wieder möglich:
Daumen und Zeigefinger der linken Hand so fest gegeneinander zu drücken, dass mir das Halten einer dünnen kleinen Nähnadel zwischen Daumen und Zeigefinger, das Einfädeln eines Nähfadens und das Annähen eines Knopfes gelingt.

Ferner:
das Halten und Schließen einer Sicherheitsnadel und das Einziehen eines Gummibandes in eine Hose,
das Anziehen der Strümpfe und der Schuhe mit beiden Händen,
das Reiben der Handflächen auch gegeneinander in unterschiedlichen Richtungen und das Auseinanderfalten eines Tempotaschentuches mit beiden Händen vor dem Nasenputzen.

Das Abtrocknen meiner Hände mit einem Frottierhandtuch klappt noch nicht so wie früher. Wenn ich auf Anraten meines Therapeuten ein ganz leichtes Tuch benutze, geht dies deutlich besser."

Die von der Reha erhaltenen rutschfesten Sets brauche ich nur noch selten als „Frühstücksteller-Ersatz", da ich nunmehr in der Lage bin, eine auf die linke Handfläche gelegte Brotscheibe sicher zu halten und mit irgend etwas zu bestreichen. Wenn ich jedoch die Scheibe auf einen glatten Teller lege und sie beim Bestreichen an den Seiten festhalten will, rutsche ich mit den Fingern immer wieder ab und bekleckere diese unschön mit Butter, Marmelade usw. .
Bei einem Besuch des benachbarten Fitnesscenters, in welchem ich vor meinem Schlaganfall regelmäßig trainiert hatte, konnten wir gestern zu unserer Freude feststellen, dass ich unter Aufsicht in der Lage war, zwei Minuten lang auf dem Crosswalker zu gehen. Allerdings war ich hinterher total erledigt.

8 bis 10 Monate nach meinem Schlaganfall :

Am 8. Dezember begann mein bis zum 24. Februar 2004 dauernder ambulanter Aufenthalt in einer ANR genannten **A**mbulatorischen **N**eurologischen **R**eha. Hier lernte ich erstmals die Vorzüge eines kleinen Hauses kennen! Da jeder bald jeden kannte, fühlte man sich fast wie in einer Großfamilie. Vor allem aber gab es hier einen festen Therapeutenkreis, sodass die Patienten immer von den gleichen Fachkräften, die ihre Beobachtungen und Erfahrungen regelmäßig untereinander austauschten, betreut werden konnten. Im Anschluss an diese Reha-Zeit versäumte ich es - mal aus Unlust mal aus Trägheit - mein Tagebuch weiter zu führen.

Es war wiederum mein holländischer Therapeut, der mich bewog, meine Aufzeichnungen fortzusetzen.

So notierte ich damals nachträglich in mein Computer-Tagebuch:
„Während der ANR- Zeit erlangte ich u.a.:
eine deutliche Besserung des Gleichgewichtgefühles sowie eine größere Beweglichkeit im gesamten Schulterbereich,
U.a. wurde das rückwärtige Aufstützen beider Hände beim Sitzen auf einer Bank und die symmetrische Außenrotation beider Hände bei nach vorne aufgestützten Unterarmen intensiv geübt.
Außerdem schaffte ich es, in Begleitung meiner schwäbelnden, immer heiteren Therapeutin ganz langsam dreißig Minuten lang außerhalb des Reha-Gebäudes am Stock spazieren zu gehen, wobei wir „um besser schwätze zu könne " immer wieder kleine Pausen einlegten.
U.a. lernte ich, beim Gehen ohne Stock - obwohl sie mich bewusst mehrmals anrempelte - das Gleichgewicht zu halten.
Auf meinen ausdrücklichen Wunsch hin zeigte sie mir anschließend einige „Tricks", um nach einem eventuellen Sturz notfalls ohne die Hilfe anderer vom Boden aufstehen zu können.

Einige Tage danach umrundete ich (diesmal ohne jegliche Begleitung!) einen ganzen Häuserblock, was ein regelrechtes Erfolgserlebnis für mich bedeutete! Allerdings war es für mich beruhigend zu wissen, dass ein Therapeut diesen von der anderen Seite her umrunden wollte und mir somit irgendwann entgegen kommen würde."

Am letzten Tag konnten einige andere Patienten und ich unter Aufsicht dieses männlichem Therapeuten auf der Straße das Fahren mit einem dreiräderigen, nur mit einer Hand lenkbaren, mit und ohne Elektroantrieb lieferbaren Liege-Fahrrad üben, was uns allen sehr viel Spaß bereitete! Außerdem tat es gut zu wissen, dass es derart tolle, die Lebensfreude erhöhende und für Behinderte leicht zu bedienende Gefährte gibt, welche einseitig mehr oder minder gelähmten Menschen sehr viel unabhängiger machen und ihnen hierdurch das Gefühl einer größeren persönliche Freiheit geben können. Die Bezeichnung „Liege-Fahrrad" ist allerdings irreführen, denn man fährt keineswegs im Liegen, sondern sitzt recht bequem auf einem Sitz, der dem eines Rollstuhl sehr ähnlich ist. Allerdings kann die Rückenlehne verstellt und unterschiedlich weit nach hinten geneigt werden, damit jeder Fahrer beim Radeln eine für eine für ihn optimale Sitzposition einnehmen kann

Unmittelbar nach dem ANR-Aufenthalt bot sich mir, was mich sehr freute, die Möglichkeit, als Patientin an einem ambulanten fünftägigen, unter der Leitung eines erfahrenen „Instruktors" stattfindenden Bobath-Sonderkurs für angehende Therapeuten teilzunehmen.

Auch hier lernte ich eine ganze Menge:
Z.B. ein physiologischeres Gehen durch das bewusste passive nach vorne gleiten lassen des locker hängenden noch leicht gelähmten Beines mit gleichzeitigem Anheben der Fußspitze und nachfolgender kräftiger Fußung der Ferse, wobei das Knie stets leicht gebeugt bleiben muss. Wenn hierbei die Zehenspitzen wegen der noch

vorhandenen Fußheberschwäche leicht über den Boden schleifen, soll - so die Instruktorin - dieser Schönheitsfehler erst einmal ruhig in Kauf genommen werden!

Es galt also, eine völlig neue Gangart zu erlernen! Zuvor hatte ich beim Gehen meinen linken Fuß total passiv gelassen und statt dessen das Knie aktiv angewinkelt, um auf diese Weise das nach dem Schlaganfall plötzlich „zu lang" wirkende Bein zu „verkürzen" und somit ein Stolpern oder den seitlichen Schlenker der unteren Gliedmaße beim Vorführen des Beines zu vermeiden. So schien mein Gang für alle Unkundigen und auch für meinen Mann an guten Tagen schon recht „schön" zu sein. In Wirklichkeit wurden meine Gelenke und Muskeln durch die entsprechenden Fehlbelastungen immer wieder aufs Neue irritiert. Wie vieles andere ist auch mein Gefühl für das richtige Gehen durch den Schlaganfall verloren gegangen und trotz aller Versuche bis heute noch nicht wieder ganz da!

Außerdem lernte ich das Tragen eines Hockers mit beiden Händen und in der letzten Stunde ein „leichtfüßigeres" Treppensteigen bei aufrechter Haltung ohne mich - wie zuvor - am Geländer hochzuziehen.

Nach der Beendigung dieses Sonderkurses sollte ich zu Hause möglichst oft ohne irgendeine Gehhilfe laufen und dies - so ich mich sicher genug fühle - auch im Freien probieren.

Innerhalb der Wohnung schaffte ich das je nach Tagesform auch mehr oder weniger gut. Draußen gelingt mir dies (nach dem Motto: „Safety first!") jedoch nur einige Meter weit, da ich mich auf unebenem Boden noch zu unsicher fühlte. Den Rollator soll ich nicht zu oft benutzen, da er sehr leicht zu einem „Altweibergang" führe.

Doch auch zu Hause machte ich in diesen Monaten gute Fortschritte.

Tagebuchnotizen :

„Bin zum ersten Mal die 21 Stufen unserer Haustreppe nicht mehr rückwärts, sondern mittels Kontaktes der rechten Handfläche zur Treppenhauswand ganz normal und aufrecht heruntergegangen.

Habe erstmals einfache Teile wie kleine Deckchen, Handtücher, T-Shirts usw. gebügelt!

Kann jetzt auch größere Teilen (wie z.B. 1 Glas, 1 Wasserflasche, oder 1 Paar Schuhe) mit der linken Hand tragen und die Reißverschlüsse an Jacken und Mänteln ganz alleine schließen.

Selbst das schwierige An- und Ausziehen der von mir an der rechten Hand getragenen Armbanduhr ist mir mit viel Geduld nach mehreren Anläufen erstmals mit links gelungen!

Außerdem gelang mir das Auffegen der auf dem Küchenboden liegenden Krümel mit dem Kehrblech in der linken und dem Handfeger in der rechten Hand, wobei mir das tiefe Bücken vom Rücken her noch ziemlich schwer fiel.

Und ganz wichtig!
Konnte heute erstmals wieder meinen Mann spontan umarmen, wenn auch nur im „Taillenbereich", was aber der beiderseitigen Freude keinen Abbruch tat!

Selbst das etwas schwierige Herunterdrücken von Türklinken, sowie das Öffnen und Schließen der mit einem Sicherheitsschloss versehenen Haustür gelingt mir inzwischen mit der linken Hand schon ganz gut .

Auch vermag ich in jüngster Zeit wieder Creme-Dosen, Zahnpasta- oder Senftuben - ohne den Ellbogen oder die linke Hand aufzustützen - mit beiden Händen zu halten und auf- bzw. zuzuschrauben.

Habe meine Winterjacke und die Lederhandschuhe ganz alleine angezogen, wobei meine Finger im Gegensatz zu früher sofort den ihnen angestammten Platz fanden.
Nach dem Spaziergang schaffte ich es sogar, die Jacke wieder alleine auszuziehen und diese - während ich mit der rechten Hand den Kleiderbügel von der Garderobe nahm - mit links festzuhalten. Danach gelang mir noch das relativ ordentliche Auflegen des gar nicht so leichten Kleidungsstückes mit der linken Hand auf den Kleiderbügel, bevor ich diesen mit der rechten wieder an den Garderobehaken gehängt habe. Welch ein Erfolgserlebnis!"

Gestern hatte ich nach meinem Reha-Aufenthalt meine erste Ergotherapiestunde bei einem ebenfalls sehr engagierten jungen Therapeuten, welchen ich in der ANR kennen ge-

lernt hatte. Die Krankengymnastik bei meinem holländischen Therapeuten wird natürlich fortgesetzt.
Bald darauf konnte ich eine Reihe weiterer Fortschritte verbuchen.

Tagebuchnotizen:

„Inzwischen gelingt mir zwar mühsam aber erfolgreich:
Nicht nur das Abwaschen, sondern auch das Abtrocknen des Küchengeschirrs,
das freihändige Falten kleinerer Geschirr- oder Frottiertücher,
das Fixieren eines Heringfilets auf dem Teller mit der Gabel, um es mit dem in der rechten Hand gehaltenen Messer zu zerkleinern,
das Halten der Banane mit der linken Hand beim Essen,
das freie Halten (ohne den linken Arm aufzustützen) eines Yoghurtbechers derweil ich seinen Inhalt „mit rechts“ auslöffele.
Konnte gestern den linken Arm deutlich höher heben als zuvor und - ein knappes Jahr nach meinem Schlaganfall - erstmals wieder im Stehen das Gesicht meines Mannes mit der linken Hand streicheln!
Vermag mir jetzt, wenn ich den Kopf leicht neige, auch wieder selber eine Mütze aufzusetzen. Zwar noch nicht so ganz „schick“, aber immerhin. Das Bürsten oder Kämmen der Haare mit links ist jedoch noch nicht möglich.
Heute klappte sogar das Drücken der Großschreibetaste des Computers mit Daumen oder Zeigefinger, sofern der linke Unterarm aufliegt und
das noch etwas schwierige Betätigen von Lichtschaltern mit der linken Hand.

Vermag das Blutdruckmessgerät nun auch an meinen rechten Arm anzulegen, was zuvor noch nie geklappt hatte, da ich die Manschette mit der linken Hand nicht fest genug anzuziehen vermochte.

Konnte heute einen in der linken Hand gehaltenen Apfel mit einem Küchenmesser in vier Teile schneiden, ohne die linke Hand aufzustützen. Bei dem Versuch, einen solchen oder eine Kartoffel schälen zu wollen, krampfte die Hand jedoch sofort wieder.

Schaffe jetzt auch das normale An- und Ausziehen des BHs: D.h. anstatt mit den Füßen in den auf dem Fußboden liegenden, zuvor von mir trickreich geschlossenen und somit ringförmigen BH zu steigen und diesen über die Hüften hochzuziehen, vermag ich nun wieder, die kleinen Haken und Ösen des von mir mit beiden Händen locker um die Taille gelegten Bekleidungsstückes unterhalb meines Busens zu schließen, bzw. beim Ausziehen zu öffnen.

Außerdem gelingt mir schon wieder das Anlegen und Abnehmen von Halsketten vor dem Spiegel mit aufgestütztem linken Ellenbogen.

Habe heute erstmals die Küchenschürzenbänder auf dem Rücken zu einer lockeren Schleife binden und den PKW-Sicherheitsgurt mit der linken Hand anlegen und wieder öffnen können.

Auch das Führen einer Brotschnitte zum Mund ist mit links auf einmal möglich, so dass ich von dem Brot, ohne den Kopf zu neigen und ohne die linke Schulter hochzuziehen, immer wieder einzelne Stücke abbeißen kann. Dass meine Hand bei diesen Aktionen noch sehr zittert ist und ich das

Brot noch nicht mit etwas „Rutschigem" bestreichen oder belegen kann, stört uns nicht.

Habe gestern versucht, aus Kordeln einen dünnen Zopfes zu flechten, was mir auch gelang.

Überdies stellte ich vor einigen Tagen überrascht fest, dass ich nicht nur einen mir zugeworfenen Ball mit beiden Händen gut auffangen, sondern ihn (mal mit dem linken, mal mit dem rechten Fuß) auch recht gut „kicken" kann . Für das Hochwerfen des Balles mit der linken Hand fehlte mir allerdings noch die Kraft."

Obwohl ich nun schon so viele Dinge selber machen kann - wenn auch sehr langsam, tollpatschig und zittrig! - möchte mein Mann mir in allen möglichen Situationen am liebsten immer wieder helfen. Aber ich wehre dies zumeist energisch ab! So gerne ich mich auch ab und zu einmal verwöhnen lasse: Bestimmte Bewegungsabläufe kann man eben nur "by doing", also nur durch eigenes Tun, erlernen! Wie sagte doch meine aus Schwaben stammende junge, mit ihrer Fröhlichkeit die Patienten ansteckende Physiotherapeutin aus der ANR, wenn etwas nicht gleich klappte: „Das muscht halt übe, übe und immer wieder übe! Irgendwann wird's dann scho klappe!"

Zwischendurch gibt es aber wieder Tage, an denen rein gar nichts geht! Das ist zumeist dann der Fall, wenn ich zuvor einen besonders guten Tag hatte und schön gelaufen bin oder nach den mich doch recht anstrengenden Krankengymnastik- und Ergotherapiestunden, in denen ich mich selber immer sehr fordere. Selbst die Arme sind dann wieder total lahm und das Gehen in der Wohnung ist nur mit dem Stock möglich, da ich ohne ihn zu sehr humpele, in den Fesselgelenken kippelig bin und wegen des mangelnden Gleichgewichtes hinzufallen drohe.

Bin heute mit meinem Mann von unserer Wohnung aus (erstmals ohne Mitnahme des Rollstuhls, also nur mit dem Stock bewaffnet!) los marschiert und nach der im letzten Kurs gelernten neuen Methode durch den nahen Park spaziert. Allerdings mussten wir immer wieder Sitzpausen einlegen, da ich wesentlich schneller als zuvor ermüdete. Offensichtlich kommen jetzt Muskeln zum Tragen, die bis dahin gar nicht oder viel zu wenig betätigt worden waren und nun erst trainiert werden müssen.

Dass manche meiner Beinmuskeln doch noch recht schwach sind, merke ich auch in folgenden Situationen: Beim Einsteigen in die Badewanne stößt mein linker Fuß immer noch leicht an dem Badewannenrand an. Wenn ich nach dem Duschen meine Füße abtrocknen will, schlage ich, um die Zehen erreichen zu können, meine Beine übereinander, was mit dem linken Bein noch ziemlich anstrengend ist. Hinterher gelingt es mir nur mit großer Konzentration, dieses schwächere Bein „normal" abzusetzen. Beachte ich dies nicht, rutscht es unkontrolliert ab, so dass der Fuß äußerst unsanft auf den Boden aufschlägt. Auch beim Treppensteigen stoße ich - so ich nicht gewaltig aufpasse - immer noch leicht mit der linken Fußspitze gegen die Kanten der Treppenstufen.

11 Monate nach meinem Schlaganfall:

Tagebuch-Notizen:

„Habe in Begleitung meines Mannes erstmals den Einkaufswagen ohne Schwierigkeiten beim Einkaufen durch das gesamte Ahr-Center bugsiert. Allerdings beschlich mich, als andere Menschen ihre Einkaufswagen im Eiltempo dicht an mir vorbeischoben, ob der ungewohnten Betriebsamkeit um mich herum, ein mulmiges Gefühl und ich war froh, als wir wieder im Freien waren.

Bereite nach dem morgendlichen Duschen und dem Anziehen schon hin und wieder das Frühstück, decke den Kaffeetisch und wasche nach unserem gemeinsamen gemütlichen Frühstück regelmäßig das Geschirr ab.

Kann inzwischen, wenn auch mühsam (weil die Kraft der Finger noch ungenügend ist und sie sehr bald zu krampfen beginnen) Teile des Essbesteckes nach dem Spülen des Geschirrs nicht nur, wie bisher, mit der linken Hand festhalten, sondern sie neuerdings auch mit der linken Hand abtrocknen, während die rechte die Gabeln, Messer und Löffel hält.

Vor einigen Tagen bin ich, während mein Mann für unseren Wagen einen Parkplatz suchte, erstmals alleine und ohne irgendwelche Unsicherheitsgefühle an Fahrradfahrern, frei laufenden Hunden und rennenden Kindern vorbei durch die belebte Bad Neuenahrer City zu unserem Ziel, dem China-Restaurant spaziert.“

Noch bis vor kurzem hatte ich bei Restaurant-Besuchen möglichst jeden Toilettengang vermieden. Zum einen, weil die Toilettensitze oft so niedrig sind, dass man als Behinderter enorm viel Mühe hat, ohne Sicherheitsgriffe nach Beendigung seiner Verrichtung wieder in den Stand zu kommen. Zum anderen, weil viele Toiletten im Untergeschoss liegen und manchmal nur über schmalstufige Treppen oder Wendeltreppen zu erreichen sind. Erfreulicher Weise bildet die Bewältigung derartiger Schwierigkeiten für mich an guten Tagen kein Problem mehr! Sind die Treppen jedoch so steil, dass mich schon beim Hinunterschauen ein ängstliches Gefühl beschleicht oder befindet sich der Handlauf an einer für mich „falschen" Seite, gehe ich die Stufen nach alt bewährter Manier kurzerhand rückwärts herunter.

Als mich neulich - etwa auf der halben Treppe - drei kleine von der Toilette kommende Mädchen überholten, hielt eines von ihnen neben mir inne und meinte belustigt: „Das sieht aber ulkig aus! Warum machst Du das?" Ich erklärte ihm lächelnd, dass ich so ulkig gehen müsse, weil ich lange krank gewesen sei und mir beim normalen Heruntergehen manchmal noch schwindelig würde. Wenn ich aber rückwärts gehe und mich dabei gut festhalte, sei dies nicht der Fall! Da diese Auskunft ihre kindliche Neugier befriedigt zu haben schien, folgte es flugs den anderen, welche bereits kichernd vorweg gelaufen waren. Zu meiner Überraschung blickte die Kleine, oben angelangt, noch einmal zurück. Als sie bemerkte, dass ich ihr nachgeschaut hatte, ging ein Strahlen über ihr Gesichtchen! Obwohl die anderen Mädchen bereits ungeduldig nach ihr riefen, blieb sie kurz stehen und winkte mir spontan zu, bevor sie wie diese um die Ecke verschwand.

Es erstaunt mich immer wieder, auf welch eine einfühlsame Weise einige Kinder alten und gebrechlichen Menschen begegnen! Wie sie - ganz im Gegensatz zu vielen Erwachsenen - ohne jede Scheu mit ihnen ins Gespräch kommen und offenbar ein besonders feines Gespür für den Gemütszustand anderer haben. Ein Gespür, welches sie auch im Umgang mit Behinderten unbewusst genau das Richtige tun lässt. Mal ist es ein mitgebrachtes Gänseblümchen, mal eine unbefangene, gänzlich unerwartete Umarmung, ein liebes Lächeln. oder irgendein anderes Zeichen der Zuwendung. Sind es doch gerade diese spontanen kindlichen Gesten, welche für abseits vom pulsierenden Leben stehende und sich vielfach „ausgegrenzt" fühlende Menschen kleine beglückende Erlebnisse darstellen und als solche oftmals in ihrer Erinnerung haften bleiben

Gestern sind mein Mann und ich wieder einmal mit dem Rollator von unserer Wohnung aus ca. 500 Meter weit gelaufen. Die Fortbewegung mit dieser Gehhilfe funktionierte bisher ja nicht, da meine linke Hand immer wieder abrutschte, der rechte Arm und das Handgelenk durch das alleinige Lenken überanstrengt wurden und durch die nicht korrekte Führung des Rollators ich mit dem linken Fuß ständig gegen das Hinterrad stieß. Diesmal klappte zu unserer Freude alles problemlos.

Nach dem langen Spaziergang mit dem Rollator noch ziemlich „geschafft", wurde heute während der nachmittäglichen

Krankengymnastik mein linkes Bein besonders intensiv „drangenommen" und auch von mir durch kräftiges Mitarbeitern sehr gefordert.

Aus der Praxis kommend, konnte ich die ersten flachen Meter noch ganz gut laufen. Aber als es dann relativ steil bergab in Richtung Parkplatz ging, ging plötzlich gar nichts mehr! Meine Beine waren so schwach, die Gelenke allesamt so kippelig und mein Gang dadurch so unsicher, dass ich erstmals befürchtete, hinzufallen und meinen Mann bat, rechts von mir zu gehen, da die nahe am Bordstein vorbeifahrenden Autos mich ängstigten. Zu Hause, auf dem ebenen großen Innenhof klappte das Gehen vom Auto zur Haustür schon wieder deutlich besser!

An den nächsten Tagen war ich immer noch müde. Das Gehen mit dem Rollator strengte mich doch derart an (nicht nur die Beine, sondern auch die Arme waren ohne jede Kraft), dass mein Mann ein Machtwort sprach und ich nur eine kurze „Ehrenrunde" drehen durfte.

Auch trat beim Gehen seit längerer Zeit wieder das Absacken und Wegknicken im Hüftbereich und das Durchschlagen des Knies auf. Ist mein Bewegungsablauf beim Gehen doch noch irgendwie „verkehrt"? Sind die im linken Bein immer wieder auftretenden schmerzhaften Beschwerden die Folgen einer falschen Belastung? Oder sind nur bestimmte Muskeln noch zu schwach, mich längere Zeit zu tragen? Fragen über Fragen! Trotz Sonnenschein wurde es während dieser Tage nichts mit dem spazieren gehen.

Dafür konnte ich aber an diesem Tag erstmals meine Schnürschuhe korrekt zuschnüren und dabei zu meiner Genugtuung mit beiden Händen eine richtige Schleife binden! Außerdem schaffte ich es, mit der linken Hand ein mittelgroßes Wasserglas unter den fließenden Wasserhahn zu halten, bis es fast randvoll gefüllt war und auf die Anrichte zu stellen. Das Trinken aus dem vollen, mit der linken Hand gehaltenen Glas, bereitet mir insofern noch Schwierigkeiten, weil ich hierbei vor lauter Anstrengung anfange zu zittern, einen Teil seines Inhaltes verschütte und - ohne es zu wollen - die linke Schulter hochziehe, was ich nach Ansicht meiner Therapeuten ja möglichst vermeiden soll.

Bin immer noch müde. Die Beine sind vor allem im oberen Bereich noch sehr wackelig und mein Gang unsicher. Aber ich konnte zu meiner Überraschung an diesem Tag die Haustreppe (ohne mich an der Treppenhauswand abzu-stützen) wieder ganz „normal" - mich mit der linken Hand am Geländer haltend - herunter gehen! Dies war bisher nur selten möglich, da sich diese Hand beim Festhalten immer wieder krampfartig zusammenballte, also mehr oder weniger „kleben blieb" und somit jedes kontinuierliche Weitergleiten verhinderte.

Das Laufen mit dem Rollator ist auch jetzt noch anstren-gend. Bin aber - dank diverser kleiner Sitzpausen an diesem warmen, sonnigen Tag - mit dieser Gehhilfe wieder insgesamt etwa 500 Meter weit gegangen.

Unsere Spaziergänge machen mir jetzt, da überall Frühlingsblumen zum Vorschein kommen und in den Vorgärten neben Forsythien, den ersten zart duftenden Glyzinien und Magnolien auch Osterglocken, Narzissen, Tulpen, Primel und viele andere kleine Pflanzen blühen, besonders viel Freude. Habe ich doch im vorigen Jahr während meiner stationären Behandlungen von April bis August die Veränderungen in der Natur weitgehend verpasst!

Gestern Nachmittag haben wir bei herrlichem, sonnigem Wetter auf dem Balkon, Patiencen gelegt und Triomino gespielt, wobei ich erstmals eine kurze Zeit lang und unter großer Anstrengung mit der linken Hand die einzelnen Spielsteine herumdrehen, anheben und - sofern sie „passten", an einen Stein meines Gegenspielers anlegen konnte. Außerdem habe ich zu meiner großen Erleichterung festgestellt, dass (im Gegensatz zu unseren damaligen Spielen im Reha-Garten) meine Konzentrationsfähigkeit wieder voll da ist!

Am letzten Märztag schien die Sonne wieder so schön, es war so angenehm warm und ich fühlte mich so fit, dass ich in Begleitung meines Mannes mit dem Rollator erstmals bis in die einen guten Kilometer entfernte City gegangen bin. Dort haben wir im Freien gemütlich zu Mittag gegessen und uns nach etwa eineinhalb Stunden wieder auf den Heimweg gemacht. Angeblich bin ich diese weite Strecke wirklich „schön" am Rollator gelaufen, zwar langsam, aber aufrecht, gerade und ohne einzuknicken. Nur die allerletzten 150 Meter fielen mir trotz diverser Pausen immer schwerer. Das Bein sackte im Hüftbereich ab, so dass die Hüfte wieder nach außen wegknickte, der linke Fuß schleifte wie früher über den Boden und das Knie schlug ständig durch. Ich hatte mich doch wohl ein wenig übernommen!

Dafür habe ich aber diese rundherum schönen Stunden und das hiermit - fast ein Jahr nach meinem Schlaganfall - verbundene Erfolgserlebnis so richtig genossen!

Nach den vorausgegangenen Erfahrungen war mir klar, dass ich hierfür in den nächsten Tagen würde „büßen" müssen. Dass die dieser Anstrengung folgende Verschlechterung jedoch zwei Wochen dauern würde, ahnte ich zu diesem Zeitpunkt noch nicht.

12 Monate nach meinem Schlaganfall:

Wie erwartet waren meine Beine in den folgenden Tagen ohne jede Kraft und mein Gang unsicher und kippelig. Auch in den nächsten Tagen fühlte ich mich noch schlapp, schob dies aber auf die ungewohnte körperliche Anstrengung am 31. März und, da es inzwischen wieder deutlich kälter und recht stürmisch geworden war, auf den nachfolgenden Wetterwechsel zurück. Darum habe ich mich bis auf mein allmorgendliches Programm (duschen, anziehen, das Frühstück zubereiten und nachher das Geschirr abwaschen) vorwiegend ausgeruht. Allerdings machten wir an einigen Tagen noch einen kleinen Spaziergang von unserer Wohnung bis zur nahen Ahr.

Kann aber inzwischen ein in der linken Hand gehaltenes, mit Wasser gefülltes Glas austrinken, ohne etwas zu verschütten und ohne dabei die linke Schulter hochzuziehen.

Und noch etwas: Zu unserer großen Freude sieht meine noch viele Monate nach dem Schlaganfall ausdruckslos und plump wirkende linke Hand in der Ruhe jetzt wieder fast wie früher aus und ist von der rechten kaum zu unterscheiden!

Etwa fünf Tage nach unserem Gang in die City fühlte ich mich nicht mehr ganz so müde und ging deshalb am Stock mehrmals auf dem Rasen hinter unserem Haus auf und ab, in der Hoffnung, dass das langsame Gehen auf dem unebenen Gelände meinen schwachen Gelenken gut tun würde. Immerhin habe ich hierbei beim ersten Mal, wenn auch im Schneckentempo, eine Strecke von insgesamt ca. 200 Meter bewältigt. Doch auch diese Strecke schien noch zu weit gewesen zu sein, weshalb ich an den nächsten Tagen weniger lang herum spazierte.

Kann nunmehr, auf dem Rücken liegend, nicht nur beide Arme relativ leicht hoch strecken und dabei die Hände falten, sondern auch ohne Schmerzen die Arme über den Kopf hinweg nach hinten führen und mich sogar eine kurze Zeit mit dem Hinterkopf auf die Innenflächen beider Hände legen.

Das ständige „Stromgefühl" im linken Arm hat in der letzten Zeit deutlich nachgelassen. Das zuvor ebenfalls stromartige Gefühl in der Hand hat sich in einer schwer zu beschreibenden Weise verändert: Es ist, als ob die Hand sich nunmehr anstatt durch Luft durch ein anderes, unsichtbares Medium bewegen würde, welches - ganz ähnlich dem Wasser - alle Bewegungen (vor allem sämtliche Streckbewegungen) abbremst. Diesen Widerstand zu überwinden, erfordert Konzentration und eine gewisse Anstrengung. Sobald diese Anstrengung jedoch einen bestimmten Punkt überschreitet, fangen meine Finger sofort an, sich zu verkrampfen.

Das macht sich vor allem bei komplexen Bewegungen unangenehm bemerkbar, da hierbei sowohl die Hand als auch die einzelnen Finger zur gleichen Zeit ganz unterschiedlich agieren müssen. Wenn ich hingegen versuche, derartige Tätigkeiten in aller Ruhe und mit viel Geduld und einem möglichst geringen Kraftaufwand auszuführen, gelingt es mir an besonders guten Tagen, selbst eine mit sehr kleinen Knöpfen versehene Bluse anzuziehen oder einen Schraubdeckel mit der linken Hand auf eine Tube zu drehen. Fangen die Finger aber erst einmal an zu krampfen, geht nichts mehr!

08. April 2004! Heute vor einem Jahr erlitt ich meinen Schlaganfall, welcher mein Leben total veränderte!

Als mein Mann und ich anlässlich dieses Tages die Notizen des vergangenen Jahres durchlasen, erfüllte uns eine große Dankbarkeit! Habe ich doch in dieser Zeit bereits viele der verloren gegangenen Fähigkeiten wiedergewinnen können, was, wie wir heute wissen, keineswegs selbstverständlich ist.

Seit unserem schönen 2 Kilometer langen Spaziergang am 31. März sind nun schon 8 Tage vergangen. Trotzdem bin ich immer noch müde, meine Beine sind schlapp, d.h. sie sacken immer wieder ein, das Knie schlägt andauernd durch, und die Hüfte knickt nach außen ab, wodurch der ganze Gang instabil wird und ich mich beim Gehen sehr unsicher fühle.

Die ersten 4 - 5 Tage hielt ich dies für eine ganz normale Reaktion nach dieser trotz der eingelegten Ruhepausen doch ungewohnten Anstrengung. Da sich danach die Großwetterlage plötzlich geändert hatte und es plötzlich kalt und stürmisch geworden war, hoffte ich geduldig auf eine Besserung in den nächsten Tagen. Die stellte sich jedoch nicht ein. Statt dessen gab es einen erneuter Wetterwechsel, der mein Befinden zusätzlich negativ beeinflusste.

Ostern haben wir gemütlich zu Hause verbracht. Leider hat sich an meinem schlechten Gehen immer noch nichts geändert! Allerdings habe ich zur Freude meines Mannes am zweiten Ostertag, ohne dass die Finger zu sehr krampften, Kartoffel geschält und (nachdem ich zuvor alle benötigten Zutaten um mich herum aufgebaut hatte) auf einem kleinen Hocker vor der Backröhre sitzend, einen leckeren Braten zubereitet.

Mitte April konnte ich als Patientin an einem weiteren Sonderkurs für angehende Therapeuten teilnehmen, in welchem ich wiederum eine ganze Menge gelernt habe!

So wurde mir deutlich vor Augen geführt, dass ich beim Gehen immer noch „mogele" und nicht darauf achte, dass bei jedem Schritt der sogenannte „Quadriceps", ein für den sicheren Stand benötigter Muskel in Aktion treten muss, was normaler Weise automatisch geschieht, aber nach einem Schlaganfall häufig nicht mehr funktioniert. Darum wurden auch in diesem Kurs für das richtige Gehen wichtigen Bewegungsabläufe immer und immer wieder trainiert.

Die Aktivierung dieses streikenden Muskels lässt sich dadurch erreichen, dass der Patient unmittelbar nach dem Vorführen seines nach dem Schlaganfall geschwächten Beines ganz bewusst zuerst kraftvoll mit der Ferse auftritt, bevor er die gesamte Fußsohle voll belastet! Wichtig ist jedoch, dass während dieses Bewegungsablaufes das betreffende Bein leicht angewinkelt bleibt und keinesfalls durchgestreckt wird.

Bevor man jedoch sein ganzes Gewicht auf das bereits belastete schwache Bein verlagert, gilt es, beim Abrollen des anderen Fußes durch den hierbei entstehenden Schub das Becken und somit auch den Rumpf über das geschwächte Knie hinweg nach vorne zu bringen. Wenn das gelingt, erreicht man zweierlei:

Zum einen wird (wenn der vom Schlaganfall nicht betroffene Fuß zum nächsten Schritt abhebt, und das geschwächte Bein kurzfristig das ganze Körpergewicht tragen muss und alle Anweisungen befolgt wurden) das im Moment der vollen Belastung häufig zu beobachtende rückwärtige „Durchschlagen" im Knie verhindert. Zum anderen bewirkt der beschriebene Vorwärtsschub durch die Straffung zahlreicher Muskeln eine derartige Stabilisierung des Rumpfes, dass der Hüftbereich der geschwächten Seite nicht mehr einsacken oder zu Seite wegknicken kann.

So die Theorie. Die Umsetzung dieser Vorgaben ist jedoch äußerst schwierig! Selbst heute noch bereitet mir die exakte zeitliche Übereinstimmung der unterschiedlichen Bewegungsabläufe beider Beine große Probleme! Sobald sich irgendwo der geringste Fehler einschleicht oder die Muskeln müde werden (das ist oft schon nach wenigen Schritten der Fall), komme ich aus dem Rhythmus, die Koordination zwischen dem rechten und dem linken Bein ist dahin und es geht gar nichts mehr!

Natürlich versuche ich zu Hause immer wieder, mich richtig zu bewegen. Das klappt am besten, wenn ich ohne Stock an einer Wand entlang gehe und diese ganz leicht mit der rechten Hand oder dem rechten Arm berühre, denn sie gibt mir Sicherheit! Gehe ich am Stock, stütze ich mich zu sehr auf, wodurch mein zuvor aufrechter Gang - für jeden erkennbar - immer schiefer wird. Beim freien Gehen innerhalb der Wohnung halte ich mich zwar gerade, habe aber immer wieder Gleichgewichtsprobleme, so dass ich - sofern ich nicht nach einer Seite wegkippen will - an irgendwelchen Möbeln Halt suchen muss.

Wenn ich bei meinen diversen Gehversuchen aus dem normalen Bewegungsrhythmus komme, habe ich es mir jetzt zur Gewohnheit gemacht, sofort stehen zu bleiben und wieder von vorne anzufangen. Aber auch das nützte bisher nicht allzu viel. Nach einigen Metern mache ich - obwohl ich mich auf das Gehen konzentriere - wieder die alten Fehler, die den Gang unsicher machen und sowohl in den Knien als auch im Hüft-Oberschenkelbereich Beschwerden auslösen.

Dass es für mein Gehirn derart schwierig ist, das neue und doch uralte, seit den Kindheitsjahren von mir angewandte Bewegungsmuster wieder zu erkennen, zu speichern und bei Bedarf automatisch abzurufen, erstaunt mich immer wieder!

Ende April hat mein Mann zu meiner großen Freude ein Liegedreirad für mich gekauft! Allerdings eines ohne Elektromotor, da in unserer Garage kein Stromanschluss zum Aufladen der zum Tragen zu schweren Batterien vorhanden ist und aus Sicherheitsgründen keine Verlängerungsschnüre für diesen Zweck benutzt werden dürfen.

Den Rollstuhl, der mir anfänglich eine so große Hilfe war, haben wir auf meinen ausdrücklichen Wunsch hin ein für allemal - wie ich hoffe! - in den Keller verbannt!

Am nächsten Tag wurde es dann so richtig spannend! Die erste Probefahrt in unserem großen Innenhof war für mich einfach toll! Der Lenker ließ sich mit der funktionstüchtigen rechten Hand ganz leicht bedienen und auch das Bremsen funktionierte auf Anhieb! Dann ging es in den nahen Park! Ich hätte ständig juchzen können, denn im Nu hatte ich ohne jede Anstrengung die diversen größeren und kleineren Rundwege umfahren, für die zu umwandern ich immer noch diverse Ruhepausen und vor allem viel Zeit benötige. Nur mein durch die Lähmung noch geschwächter linker Fuß rutschte häufig von der Pedale nach unten weg. Als wir wieder zu Hause waren, zeigte der Kilometerzähler 2 ½ Kilometer an. Das war für den 1. Tag schon recht zufrieden stellend.

Dieses Liegerad eröffnete uns plötzlich ganz neue Möglichkeiten und ich schrieb noch am gleichen Tag voller Vorfreude in mein Computer-Tagebuch:

„Sobald ich mit diesem Gefährt, seiner Blinklicht- und Gangschaltungs-Bedienung so richtig vertraut geworden bin, werden mein Mann und ich endlich wieder zusammen mit unseren Rädern irgendwohin ins Grüne fahren können! Dann muss er sich nicht mehr während unserer gemeinsamen Spaziergänge meinem Schneckentempo anpassen. Außerdem werde ich nunmehr in der Lage sein, hin und wieder auch solo in die Stadt zu radeln, mein Rad dort irgendwo zu parken und am Stock gehend, alleine durch die Geschäftsstraßen zu bummeln. Ich freute mich jetzt schon darauf, nach den dreizehn Monaten des ständigen Behütet-Seins, wieder einmal selbständig und in aller Ruhe in den Läden dieses oder jenes anzuschauen und gegebenenfalls kaufen zu können. Welche Perspektiven!"

Ob der ungewohnten Bewegung schmerzten am folgenden Tag beide Knie leicht und ich musste auf „Anordnung" einen Ruhetag einlegen.

Da am nächsten Morgen die Beschwerden wieder weg waren, konnte ich in Begleitung meines Mannes, erneut mit dem Rad starten. Zunächst ging es über die nahe Ahrbrücke und dann eine kleine Anhöhe zum Dahliengarten hinab.

Die vielen bunten, von den städtischen Gärtnern liebevoll und sachkundig angelegten Tulpenbeete leuchteten gerade wundervoll in der Sonne und es war eine Lust, auf den verschiedensten Wegen diese Parkanlage mit dem Rad zu durchradeln! Auf dem Heimweg musste ich jedoch (eine andere, günstigere Möglichkeit, die Ahr zu überqueren, schien es nicht zu geben) die kleine zur Brücke führende Anhöhe hinauf fahren, die bergab zu rollen zuvor richtigen Spaß gemacht hatte. Dies gestaltete sich jedoch weitaus schwieriger als wir gedacht hatten. Beim ersten Anlauf kam ich trotz aller Anstrengung nicht ganz hoch, da ich, meine Kraft überschätzend, vergessen hatte, den allerkleinsten Gang einzustellen. Nachdem dies korrigiert worden war, startete ich einen neuen Versuch. Diesmal klappte es! Allerdings musste ich immer noch mit der ganzen mir momentan zur Verfügung stehenden Kraft in die Pedalen treten. Da ich später auch alleine in diesen Park fahren möchte, war ich glücklich, diese Hürde zum Schluss doch noch ohne jede Hilfe geschafft zu haben! Zu Hause zeigte der Kilometerzähler 2,4 Kilometer an.

Wie sooft, sollte meine Freude jedoch bald gedämpft werden. In der Nacht schmerzten meine Knie (vor allem das rechte, schon einmal operierte Arthroseknie, welches ich vermutlich besonders gefordert hatte) deutlich stärker als zuvor, so dass ich leider mal wieder eine Ruhewoche einlegen musste.

Ich darf offensichtlich, bei allem was ich tue, selbst ein Jahr nach dem Schlaganfall, immer noch nicht an die Grenze meiner Leistungsfähigkeit gehen, da Nerven, Muskeln und Gelenke auf jede Überforderung sofort reagieren und mit einem tagelangen „Streik" und verstärkten nächtlichen

Krämpfen antworten. Das zu lernen fällt mir immer noch sehr schwer.

Anstatt Rad zu fahren, riet mir mein Therapeut, in diesen Tagen durch das Walken von Knetgummi die Handmuskeln und meine Fingerfertigkeit zu stärken. Das Kneten dieser plastischen Masse und vor allem ihr Drehen in der Hand mittels der Handfläche und der Finger ist mit Sicherheit eine gute Übung, für mich momentan aber noch eine regelrechte Schwerarbeit! Da am übernächsten Tag die Finger diesen ungewohnten Kraftakt nicht mehr mitmachten, führte ich die gleichen Übungen mit den mir von meinem Mann mitgebrachten, mit ihren stumpfen Stacheln wie kleine Igel aussehenden Kunststoffkugeln aus. Mit ihnen sind die für mich auch jetzt noch schwierigen Drehübungen nicht ganz so anstrengend. Später werde ich wieder den Knetgummi nehmen.

Das Wetter wechselt in diesen Tagen andauernd und mein Blutruck schwankt morgens selbst nach einer Tasse Bohnenkaffee zwischen 50 und 110 oder 55 und 115, so dass ich bis mittags kraftlos „in den Seilen" hänge.

13 Monate nach meinem Schlaganfall :

Anfang Mai konnte ich nach vielen vergeblichen Versuchen erstmals wieder beim Essen die Gabel mit der linken Hand zum Mund führen! Zwar wurde, nachdem ich auf diese Weise einige Bissen zu mir genommen hatte, mein Arm müde und ich musste mit rechts weiter essen. Aber immerhin!

Außerdem bin ich neuerdings in der Lage, die in der Waschmaschine gewaschene Wäsche in einer kleinen Wanne selber zum Wäscheständer zu tragen und in Brusthöhe zum Trocknen aufzuhängen. Beim Kartoffelschälen krampft die Hand - so ich sie vorher nicht anderweitig angestrengt habe - deutlich weniger und auch das Anlegen der Armbanduhr an meine rechte Hand und ihr Abnehmen ist inzwischen weniger enervierend und klappt jetzt manchmal statt beim fünften oder sechsten bereits beim ersten Versuch.

Nachdem an meinen beiden Radpedalen eine tolle Fersenhalterung angebracht worden war und mein linker Fuß während des Fahrens nicht mehr abrutschen konnte, radelte ich voller Begeisterung gleich einmal 2,2 Kilometer durch den Park. Obwohl danach keine Kniebeschwerden auftraten, legten wir - durch frühere Erfahrungen gewarnt - einen Ruhetag ein, um am übernächsten Tag mit unseren Rädern in die Bad Neuenahrer City und nach einem gemütlichen Mittagessen wieder zurück nach Hause zu fahren (insgesamt 4,2 Kilometer). Habe die Fahrt so richtig genossen. Nur das Öffnen, Wiederanbringen und Schließen des u-förmigen, etwa 30cm langen und ziemlich schweren Radschlosses ist für mich zur Zeit noch schwierig.

Am 11. Mai stellte ich mich nach mehreren Monaten wieder meinem Neurologen vor, welcher, von meinen Fortschritten sichtlich überrascht, meine Therapeuten, ob ihrer guten Arbeit sehr lobte. Während ich bei meinem ersten Besuch im September 2003 von meinem Mann noch mit dem Rollstuhl in seine Praxis gefahren werden musste und das Treppensteigen mir sehr viel Mühe machte, konnte ich im

Oktober 2003 den Weg dorthin bereits mühsam humpelnd zu Fuß zurücklegen, wobei mir diese Strecke allerdings enorm lang vorkam. Dieses Mal schien sie mir zu meiner Verwunderung deutlich kürzer zu sein und ich konnte ohne Mühe am Stock vom Parkplatz aus dorthin und wieder zurück gehen (insgesamt ca. 500 Meter) und - ganz im Gegensatz zu damals in aufrechter Haltung und ohne mich am Geländer hochzuziehen - relativ „leichten Fußes" die Praxistreppen ersteigen.

Heute vermochte ich erstmals im Stehen meine beiden Arme um den Hals meines Mannes zu legen! Eine Umarmung, die wir beide sehr genossen haben!

Gestern sind wir mit unseren Rädern in die City gefahren, wobei ab und zu leichte Anhöhen zu bewältigen sind. Das Fahren mit dem Dreirad macht mir nach wie vor richtigen Spaß. Es irritiert mich jetzt auch nicht mehr, wenn ich auf einem relativ schmalen Fahrradweg von anderen Radlern überholt werde oder mir solche entgegen kommen. Nur mit der Bedienung des für die Gangschaltungen vorgesehenen kleinen Hebels am rechten Lenker habe ich noch Schwierigkeiten. Hierzu fehlt mir, so mein Mann, welcher hinter mir herfahrend, von seinem Rad aus meine Fahrweise stets äußerst kritisch beobachtet, offenbar noch das richtige Feingefühl. Aus diesem Grunde lande ich beim Herunterschalten oftmals nicht in den nächst leichteren Gang, sondern in den Leerlauf oder erst einmal mit Geratter „zwischen alle Gänge", was gestern ein Herausspringen der Kette zur Folge hatte.

Obwohl mein lieber Begleiter, auf dem Boden kniend, mit seinen voll funktionsfähigen Händen den Schaden schnell behoben hatte, war ich zunächst recht unglücklich. Der Traum, alleine in die City fahren können, schien fürs erste ausgeträumt! Ohne Hilfe würde ich - das wurde mir sehr schnell klar - die Kette in einem solchen Fall nicht wieder in ihre richtige Position bringen können!

Aber ich habe ja inzwischen gelernt, dass Jammern und Resignieren rein gar nichts bringt. Das heißt in diesem konkreten Fall, dass ich das Schalten so lange üben muss, bis es zuverlässig klappt. Dann wird auch die Kette nicht mehr herausspringen und den von mir erträumten Solo - Fahrten nichts mehr im Wege stehen.

Als wir dieser Tage ein Kaufhaus aufsuchten und auf die 1. Etage wollten, hatten wir die Wahl: Sollen wir die Rolltreppe, den Aufzug oder die normale Treppe nehmen? Obwohl mein Mann Bedenken hatte, entschied ich mich für die erste Möglichkeit. Und siehe da, das Auftreten auf die sich bewegenden Stufen und das wieder Absteigen klappte zu seiner Überraschung und meiner Genugtuung völlig problemlos!

Da das höhere Anheben des linken Armes mir nach wie vor immer wieder Schwierigkeiten bereitete, begann mein Ergotherapeut meine offensichtlich recht starre Brustwirbelsäule behutsam zu mobilisieren. Die zunehmende Beweglichkeit der Brustwirbel und die von meinem Physiotherapeuten parallel hierzu durchgeführten krankengymnastischen Übungen zeigten in Verbindung mit den von mir gemachten

„Hausaufgaben" sehr bald weitere Fortschritte! Zum Beispiel kann ich heute, was vor zwei Wochen noch nicht möglich war, den linken Arm ein ganzes Stück über meine Kopfhöhe hinaus nach vorne hochheben, ohne dabei die linke Schulter hochzuziehen.

Da kein Hirntrauma wie das andere ist, stellt die Behandlung eines jeden Schlaganfallpatienten für die behandelnden Therapeuten eine neue Herausforderung dar. Da ich sowohl meinen mich von Anfang an betreuenden Physiotherapeuten als auch meinen Ergotherapeuten ob ihrer fachlichen Kompetenz sehr schätze und wir uns auch menschlich gut verstehen, freue ich mich nach wie vor auf jede ihrer Therapiestunden und versuche stets nach Kräften mitzuarbeiten.

Zu unserer Überraschung habe ich es vor ein paar Tagen ganz spontan geschafft, meinem auf der Leiter stehenden Mann mit beiden Händen ein auf den Boden gestelltes, ziemlich schweres Holzbrett anzureichen, das er auf dem Kleiderschrank verstauen wollte. Überhaupt stellen wir fest, dass ich bei allen möglichen Tätigkeiten immer öfters, ohne an meine Behinderung zu denken, beide Hände einsetze.

Heute war es angenehm warm und ich bin, ohne eine Rast einlegen zu müssen - etwa vier Kilometer kreuz und quer durch den nur von wenigen Spaziergängern aufgesuchten Dahliengarten geradelt, um unter der Aufsicht meines Mannes mit „viel Gefühl" das Herauf- und wieder Herunterschalten in die verschiedenen Gänge zu üben. Da die Wege um die großen Rasen herum ein geringfügiges unterschiedliches Gefälle haben, eignet sich dieser Park hierfür besonders gut. Diesmal klappte das Schalten bereits deutlich besser. Außerdem haben wir beim Durchradeln des Parks einen etwas verborgen liegenden Weg mit einer weniger „steilen" Auffahrt vom Park zur Ahr-Brücke entdeckt, die ich bei der Heimfahrt recht gut alleine bewältigen kann.

Als ich gestern erstmals wieder im nahen Fitness-Center war, stellte es sich zu unserer Überraschung heraus, dass ich mittlerweile schon an fünf Geräten ohne Schmerzen trainieren kann, sofern die Übungsgeräte nicht mit Gewichten belastet sind. Natürlich kann ich die einzelnen, der Kräftigung von Schulter-, Arm-, Rücken- und Bein-muskeln sowie der besseren Beweglichkeit der Gelenke dienenden Übungen nur sehr langsam und statt der üblichen fünfzehnmal höchstens fünfmal ausführen.

Außerdem habe ich in diesen Tagen per Zufall eine für mich wichtige Entdeckung gemacht: Seit meinen ersten Gehver-suchen vor einem guten Jahr habe ich mich eigentlich immer nur auf mein linkes Bein konzentriert, und mich bemüht, den Vorgaben der Therapeuten folgend, möglichst „korrekt" zu fußen. Obwohl meine Bein- und Fußführung sich hierdurch sehr gebessert hatte, fange ich an schlechten Tagen schon nach wenigen Schritten an, unkoordiniert zu gehen, wodurch der ganze Gang immer wieder instabil und kippelig wird. Ich kann mir einfach nicht vorstellen, dass dies alles einzig und allein durch den häufigen Wetterwechsel zu erklären ist.

Als ich gestern bemerkte, dass mein rechter Fuß irgendwie schwächer abzurollen schien als zuvor, lenkte ich nunmehr meine ganze Aufmerksamkeit auf ihn und befahl jetzt nicht mehr - wie in alle den Monaten zuvor - dem linken Fuß, sondern ihm: „Mit der Ferse kräftig fußen und den ganzen Fuß abrollen! Mit der Ferse kräftig fußen und den ganzen Fußabrollen! Mit der Ferse kräftig fußen und .....!" Er tat auch prompt, was ich ihm befohlen hatte. Aber was viel verwunderlicher war, dass ich plötzlich sehr viel besser ging und meine Füße, ohne dass es mir anfänglich so richtig bewusst wurde, selbst nach zwanzig, dreißig, vierzig Metern nicht aus dem Rhythmus gekommen waren! Das linke Bein hatte sich der Bewegung des rechten Beines offensichtlich angepasst und war ganz automatisch in der mir in den Bobath-Kursen beigebrachten Gehweise und vor allem im richtigen Takt mitgelaufen! Das musste ich natürlich sogleich mehrmals ausprobieren! Einmal mit und einmal mal ohne Stock! Mein Gang war jetzt auch ohne jede Gehhilfe deutlich sicherer und ich spürte voller Glück - wenn auch nur ein paar Meter lang und trotz der immer noch vorhandenen Beinschwäche - erstmals wieder etwas von dem zuvor irgendwie in Vergessenheit geratenen alten Gehgefühl! Da ich in den letzten Monaten schon so viele größere und kleine Rückschläge erlebt hatte, hütete ich mich zunächst davor, allzu euphorisch zu sein! Vielleicht war das so tolle gestrige Gehen ja keineswegs der Konzentration auf mein rechtes Bein, sondern der schönen Großwetterlage sowie dem Zusammentreffen anderer günstiger Faktoren zu verdanken.

Auch am folgenden Tag - das Wetter war nach wie vor stabil - lief es sich so richtig schön. Da mein Mann ander-weitige Verpflichtungen hatte, beschloss ich, erstmals alleine am Stock ins Fitness-Center zu gehen. Die dreimal fünf Übungen an den Geräten und die Gespräche mit anderen Turnerinnen machten mir viel Spaß und klappten dank der zwischendurch eingelegten Pausen völlig problemlos. Dass meine Beine auf dem Heimweg infolge der Muskelermüdung anfingen, unsauber zu gehen, empfand ich als völlig normal.

An diesem Tag schaffte ich es sogar, nicht nur zwei oder drei mal, sondern während der gesamten Mahlzeit die Gabel - wenn auch noch unbeholfen - mit der linken Hand zum Mund zu führen.

Obwohl ich ab 1.00 Uhr nachts bis in den frühen Morgen hinein immer wieder kurzfristig durch Arm- und Beinkrämpfe, an die ich mich im Laufe der Zeit bereits gewöhnt habe, geweckt wurde, fühle ich mich bei dem herrlichen Sonnenschein heute morgen absolut ausgeruht, frisch und unternehmungslustig. Arme und Beine sind zwar noch schlapp, aber das nehme ich gerne in Kauf. Wenn ich auch am liebsten wieder mit dem Rad gefahren wäre, gebot mir meine Vernunft, erst einmal einen Ruhetag einzulegen und auf dem Balkon die Sonne zu genießen.

Mittags lud mich mein Mann zu einem Essen ein. Da wir diesmal mit dem Auto zu unserem Lieblings-Restaurant gefahren waren, fühlte ich mich, wieder zu Hause angekommen, noch so fit und trittsicher, dass ich die 21 Treppenstufen zu unserer Wohnung völlig frei, d.h. ohne mich am Geländer festzuhalten, in aufrechter Haltung hochsteigen konnte.

Am folgenden, immer noch sehr sonnigen Tag - die Großwetterlage war laut Wetterbericht stabil - bin ich in seiner
Begleitung erstmals ohne Stock (!) ganz langsam und wie er
meinte, „schön und ohne auffallendes Humpeln" bis zu
unserem Fitness-Center spaziert und eineinhalb Stunden
später nach einem verkürzten Training auf die gleiche
Weise wieder nach Hause gegangen! Welch ein Erfolgserlebnis! Allerdings musste ich mich, weil meine Beine zum
Schluss immer schwerer geworden waren, diesmal daheim
wieder mühsam am Treppengeländer hochziehen.

14 Monate nach meinem Schlaganfall:

Mit der Pfingstmontag eingetretenen Änderung der Großwetterlage (Gewitter, Regen und Wind) überfiel mich eine
immer größer werdende Müdigkeit. Mein linker Arm fühlte
sich vom Schultergelenk bis in die Fingerspitzen wieder
total „lähmig" an, die Hand zeigte eine deutlich vermehrte
Krampfbereitschaft, die Beine waren kraftlos, Nacken und
Rücken schmerzten, so dass ich alle Bewegungen nur mit
Mühe und in Zeitlupentempo ausführen konnte. Doch wie
hatte mein lieber Physiotherapeut noch in der vorigen
Woche gesagt? „Es kommen mit Sicherheit immer wieder
Zeiten, in denen vorübergehend gar nichts geht! Sie dürfen
dann nicht enttäuscht oder traurig sein! "

Insgesamt hat sich aber dank meiner beiden Therapeuten
und zu unserer Freude die Beweglichkeit meines linken
Armes, des gesamten Schultergürtels und der Halswirbel-
säule deutlich gebessert, was sich - ganz nebenbei - auch
äußerst positiv auf meine gesamte Körperhaltung auswirkt!

Auch kann ich beim Schreiben dieses Textes für einige Minuten schon wieder (zwar noch recht ungelenk, langsam, zitterig und höchstens für zwei bis drei Minuten), ohne den Unterarm aufstützen zu müssen, mit dem Zeigefinger der linken Hand einige Tasten auf dem Computer finden und antippen.

Trotzdem fragte ich mich Ende Juni 2004: Was ist der Grund für meine nun schon fast vier Wochen anhaltende Beinschwäche? So lange haben meine Beine selbst nach großen Anstrengungen ja noch nie gestreikt! Liegt es vielleicht an dem den ganzen Juni über vorherrschenden mit viel Regen und Wind einhergehenden, vor allem sensible Menschen belastenden Wetter? Oder ist es der Mitte des Monats erfolgte Tod meiner Mutter? Kommen vielleicht gerade jetzt im Unterbewusstsein zahlreiche verdrängte Erinnerungen hoch, deren Verarbeitung sich neben anderen belastenden Faktoren auf mein physisches Befinden vorübergehend verschlechternd auswirkt?

Da meine Beine momentan zum Radfahren oder längerem Laufen zumeist zu schwach waren, beschränkte ich mich im Monat Juni auf die folgenden Aktivitäten:

Tagebuchnotizen:

„Wenn ich morgens aufwache, mache ich immer noch regelmäßig meine morgendliche Gymnastik:
Im Liegen alle möglichen Übungen der Finger, Hände, Arme und Beine und im Sitzen: die mir von meinem Physiotherapeuten vorgeschlagene Rückengymnastik.

Danach folgt:

Das morgendliche Duschen (des öfteren mit Kopfwaschen), das Anziehen und wenn ich mich frisch genug fühle: Kaffee kochen, Decken des Frühstückstisches, Abwaschen und Wegräumen des Frühstücksgeschirrs und nötigenfalls das Aufsaugen von Krümeln in Küche und Wohnzimmer mit dem leichten Autostaubsauger. Danach ruhe ich mich meistens aus. Nach der Pause schaffe ich an guten Tagen noch: Das leichte Aufschütteln von Kopfkissen und Bettdecken, das Säubern des Waschbeckens, der Ablagen sowie der über dem Waschtisch angebrachten Spiegelschränke und hin und wieder das Aufwischen des Badezimmerfußbodens.

Wenn ich vormittags zu müde bin, dergleichen Tätigkeiten zu verrichten und auch keinerlei Anwendungen hatte, fühle ich mich zu meiner Freude manchmal gegen Mittag fit genug, den Tisch zu decken und ein einfaches Nudelgericht mit einem schmackhaften Salat zuzubereiten oder wenn mein Mann kocht, irgendwelche anderen Dinge in unserer Wohnung zu erledigen

Das regelmäßige Computer-Schreiben und das Raten von Kreuzworträtseln macht mir nach wie vor Spaß!

Gestern ging es mir so gut, dass ich mit Lust die beiden Fächer in unserer alten Eichentruhe aus- und wieder neu eingeräumt und ihr Holzwerk sowie einige andere Möbel mit Möbelwachs poliert habe.

Außerdem bin ich, als es mir zwischendurch kurzzeitig besser ging, an zwei Tagen jeweils 4 Kilometer durch den großen Dahliengarten geradelt.

Habe heute in mehreren über den Tag verteilten Arbeitsgängen unser Küchenspind „durchforstet" und die in den Regalen befindlichen Vorräte (Mehl, Zucker, Gewürze, Marmeladen, Obstbüchsen und vieles andere mehr) aus- und wieder übersichtlich eingeräumt. Danach kam das Putzspind und einige Tage später der Kleiderschrank an die Reihe. Hinterher war ich natürlich rechtschaffen müde."

15 Monate nach meinem Schlaganfall:

Tagebuchnotizen:

„Obwohl es immer noch regnet, kann ich heute deutlich besser gehen.
Habe an zwei Tagen je eine halbe Stunde gebügelt, mehr war „nicht drin".

Da ich vieles nicht mehr wiederfinde, habe ich heute - die guten Stunden nutzend - die Wäschefächer im Kleiderschrank nach der langen Zeit meiner Abwesenheit erstmals wieder „nach Hausfrauenart" geordnet. Allerdings konnte ich mich nur mit den mir bis zum Kinn reichenden Fächern befassen, da ich noch nicht in der Lage bin, mit noch höher gehobenen Armen irgendwelche gezielte Tätigkeiten zu verrichten.

Allerdings habe ich es gestern erstmals geschafft, eine große Wolldecke im Stehen ordentlich zu falten und - den Duschgriff in der linken Hand haltend - über die Schultern hinweg meinen Rücken zu duschen.

Kann zudem seit einigen Tagen einen mit der rechten Hand etwa 4o cm hoch geworfenen Tennisball mit der linken zumeist sicher auffangen und dünne Putzlappen sehr viel besser auswringen.

Habe beim Aufräumen zufällig meine alte Blockflöte entdeckt und brachte es tatsächlich ein paar mal fertig, sie vorschriftsmäßig zu halten, mit den Fingerkuppen alle 10 Löcher korrekt zu schließen und sogar beim Flöten einmal einen sauberen Grundton zu erzeugen! Vielleicht kann ich sogar irgendwann wieder eine kleine Melodie spielen."

Mitte Juli fuhren wir bei schwülem Wetter mit dem Auto zu einer 400 Meter hoch gelegenen Anhöhe. Während unseres bei sonnigem Wetter begonnenen Spazierganges (wir hatten uns, 2 kurze Sitzpausen einlegend, bereits gute 700 Meter von unserem Wagen entfernt) wurden wir plötzlich von einem Gewitter überrascht, welches sich, von uns unbemerkt, hinter unserem Rücken zusammengebraut hatte. Da es nur eine Frage der Zeit war, wann der immer schwärzer werdende Himmel seine Schleusen öffnen würde, rannte mein Mann vor, um den Wagen etwas näher heranzuholen. Da ein heftiger Wind aufkam und die ersten Regentropfen bereits dicke schwarze Punkte auf den Erdboden malten, versuchte ich auf irgendeine Weise, so schnell ich konnte, ihm zu folgen. Kaum saßen wir im Auto, da prasselte es auch schon unter Blitzen und Donner auf uns herunter. Ich war mächtig stolz, dass ich diesen Gewaltmarsch so toll bewältigt hatte und wir mit trockenen Kleidern nach Hause fahren konnten.

Was nun folgte, war klar. Meine Muskeln streikten natürlich ob dieser keineswegs beabsichtigten enormen Anstrengung! So weit und so schnell war ich bisher noch nie gelaufen! Noch dazu ohne jede Pause!

Im linken Arm machte sich eine lähmungsartige Schwäche bemerkbar und die Finger zeigten eine vermehrte Krampfbereitschaft, sodass ich wieder große Mühe hatte, die Blusenknöpfe zu schließen oder meine Armbanduhr mit der linken Hand anzulegen.

Knapp 2 Wochen nach unserem unfreiwilligen „Gewaltmarsch" begann ich mich wieder fit zu fühlen. Die Sonne lachte vom Himmel und im Wetterbericht wurde eine stabile Großwetterlage prophezeit. Da die Beine wieder kräftig genug zu sein schienen, nutzten wir den schönen Tag und radelten 5,26 Kilometer an der Ahr entlang. Also eine Steigerung von einem guten Kilometer! Erfreulicher Weise war ich hinterher und an den folgenden Tagen gar nicht so müde wie sonst.

Letzter Julitag: Da das Wetter immer noch schön ist - fuhren wir heute erneut zu dieser Anhöhe. Ich fühlte mich erstmals wieder so wohl und so fit wie am 31. Mai und bin überglücklich, den Stock in der rechten Hand haltend und den kleinen Finger meines Mannes mit der linken Hand locker umfassend, gemächlich aber sicheren Fußes einen leicht bergab führenden Wanderweg etwa 800 Meter weit gewandert. Natürlich legten wir zwischendurch mehrere kurze Pausen ein. Um mir den langen Rückweg zu ersparen, holte mich mein Mann von unserem letzten Rastplatz mit dem

Auto ab. Da ich mich diesmal nicht überfordert hatte, brauchte ich mich zu Hause auch nicht gleich hinzulegen, so dass wir, bis es uns draußen zu warm wurde, noch über eine Stunde auf dem Balkon sitzen konnten.

16 Monate nach meinem Schlaganfall:

Während es mir in den ersten sonnigen und angenehm warmen Augusttagen recht gut ging, fingen meine Muskeln in der nachfolgenden schwül-heißen, von kräftigen Gewittern und stürmischen Winden durchsetzten Woche wieder an zu streiken, so dass mir, wie so oft, die Kraft für längeres Laufen, Radfahren oder Fitness-Training fehlte.

Immerhin kann ich bei den leider seltenen Ballspielen mit meinem Mann die von ihm mir liebevoll zugeworfenen Bälle immer besser auffangen und auch zurückwerfen.

Da die nächtlichen und morgendlichen Krämpfe in der letzten Zeit wieder vermehrt auftreten und ich laut Anweisung des Neurologen mehr auf meinen Körper hören und meine Aktivitäten entsprechend einschränken soll, bleibe ich von nun an bei einem derart belastenden Wetter zu Hause, genieße das Sitzen auf dem Balkon und probiere erst gar nicht, irgendetwas Anstrengendes zu unternehmen.

Somit gleichen alle meine Aktivitäten auch weiterhin einer Gratwanderung. An guten Tagen bin ich jedoch so glücklich, dieses oder jenes tun zu können, dass ich immer wieder Zeit und Stunde vergesse und (da mich kein inneres Glöckchen rechtzeitig warnt!) leider erst hinterher merke, dass ich meinem Körper zu viel zugemutet habe.

So lange mein Akku noch nicht wieder aufgeladen ist, verspüre ich nicht selten schon beim leichten Anheben des linken Armes eine deutlich stärkere Krampfbereitschaft der Finger, welche alle feinmotorischen Manipulationen enorm erschwert. So vermag ich meine Armbanduhr (das ist immer ein zuverlässiges Kriterium) trotz großer Konzentration mit viel Geduld wieder erst nach acht oder mehr vergeblichen Anläufen am rechten Handgelenk zu befestigen oder halsnahe Blusenknöpfe zuzuknöpfen. Auch das Festzurren der Schnürsenkel und ihr Binden zu einer stabilen Schleife mit beiden Händen bereitet mir dann große Mühe.

Während ich manchmal ob meiner Unbeholfenheit und Langsamkeit verzweifelt stöhne, findet mein Mann es toll, dass ich es selbst an derart schlechten Tagen schaffe, alle diese Verrichtungen ohne jede Hilfe hinzukriegen!

So konnte ich in den letzten drei Wochen zwar keine spektakulären Erfolge aber beglückt viele kleine Bewegungsverbesserungen im alltäglichen Leben beobachten, die einzeln aufzuzählen nicht viel bringt. Wichtig ist, dass ich - mir selber oft unbewusst - immer mehr beginne, auch meine linke Hand bei allen möglichen Tätigkeiten mit zu benutzen! Diese Tatsache und die Beobachtung, dass fast anderthalb Jahre nach meinem Schlaganfall trotz der zahlreichen Rückschläge „unter dem Strich" immer noch ein steter Aufwärtstrend zu erkennen ist, gibt mir Zuversicht und lässt mich dankbar über das Erreichte auf die hinter mir liegende Zeit zurückschauen.

Inzwischen habe ich mich ganz allmählich an meinen neuen Lebensrhythmus gewöhnt und festgestellt, dass die mir durch meine Behinderung aufgezwungene Langsamkeit neben frustrierenden Momenten auch ihre erfreulichen Seiten hat!

Obwohl mein Aktionsradius sehr klein geworden ist, empfinden sowohl mein Mann als auch ich unsere langsamen Spaziergänge nie als langweilig! Zwar muss ich mich an weniger guten Tagen bei jedem Schritt noch derart auf meine Fußführung konzentrieren, dass wir manchmal eine zeitlang nur still nebeneinander hergehen. Aber während der vielen Steh- oder Sitzpausen, in denen wir uns entspannt unterhalten und unsere Blicke in aller Ruhe umher schweifen lassen können, nehmen wir zu unserer Überraschung immer wieder Dinge oder kleine Begebenheiten wahr, die uns erfreuen und zwangsläufig alle den Menschen entgehen, die eiligen Schrittes irgendeinem Ziel zustreben oder geschwind an uns vorüberradeln. Von den weder nach rechts noch nach links schauenden, nur hin und wieder kurz auf ihre Pulsuhr blickenden, sich ganz dem Laufgefühl hingebenden Joggern ganz zu schweigen!

Mal entdecken wir besonders schöne, versteckt blühende zarte Pflänzchen, mal einen bunter Käfer, mal beobachten wir, durch ihren Ruf aufmerksam geworden, hoch über uns im Aufwind kreisende Bussarde, mal sich von Ast zu Ast schwingende Eichhörnchen oder auf einem Spielplatz sich vergnügende Kinder. Ist es doch immer wieder enorm interessant und spaßig, das so unterschiedliche Verhalten der teils draufgängerischen, teils zaghaften Drei- bis Vierjährigen zu beobachten, wenn sie unter der Beobachtung ihrer Mütter oder Großeltern im Sand spielen, an den Geräten turnen oder mal verkrampft und ängstlich, mal vor Freude juchzend eine Rutsche hinabsausen. Bei einem anderen Spaziergang sind es vielleicht in den Anlagen herumtollende Hunde, im Sonnenlicht tanzende Mücken, dicht über der Ahr fliegende Rauchschwalben, ein regungslos im Wasser stehender Fischreiher oder flink wippende Bachstelzen, die unsere Blicke auf sich ziehen. Wie man sieht, kann man trotz oder gerade wegen seiner Gehbehinderung, dank der zumeist in Fülle vorhandenen Muße, vom Rollstuhl oder einer anderen Sitzgelegenheit aus tagtäglich eine ganze Menge erleben, sofern man in der glücklichen Lage ist, wachen Sinnes seine Umgebung wahrzunehmen zu können!

Dennoch erfasst mich, wenn ich sehe, wie die Wochen und Monate nur so dahineilen, in Anbetracht der Jahre, die mir im Alter von nunmehr knapp 74 Jahren verbleiben und der vielen Dingen, die ich noch so gerne gemeinsam mit meinem Mann oder auch alleine tun möchte, hin und wieder eine besorgte Ungeduld.

Gestern ermahnte mich mein Ergotherapeut erstmals, „etwas kürzer zu treten" und über meinem verständlichen Bemühen, schneller weiter voran zu kommen, nicht zu vergessen, zwischendurch auch einmal ganze Tage einfach zu entspannen, auszuruhen und mit meinem Mann das Leben, so wie es sich uns jetzt bietet, ganz bewusst zu genießen!

Seine Worte hatten uns so nachdenklich gemacht, dass wir gestern spontan einen dreiwöchigen Ungarn-Urlaub gebucht haben. Wir entschieden uns für dieses Land, da das Klima um diese Jahreszeit dort sehr angenehm sein soll. Es ist seit 1998, dem Jahr, in welchem meine im Juni verstorbene Mutter zum Pflegefall wurde, mein erster Urlaub. Wir freuen uns schon sehr darauf!

Bei meinen kleinen fröhlichen Radtouren kreuz und quer durch den Dahliengarten, welcher für uns beide eine wahre Oase der Ruhe ist, werde ich - da es ihm offensichtlich Spaß macht - zumeist von meinem Mann begleitet, welcher als nicht Behinderter dort nicht fahrberechtigt ist und darum von irgendeiner der zahlreichen zum gemütlichen Verweilen einladenden Bänke aus den Blick auf den so schönen Park und seine radelnde Frau genießt. Heute konnte ich ihm während des Radelns zu seiner Freude mit einem ganz normal hoch ausgestreckten linken Arm zuwinken und beim Abbiegen nach links meine Richtungsänderung nicht wie bisher mit dem Blinker, sondern wie beim Fahren mit einem normalen Fahrrad sowohl mit dem rechten als auch mit dem linken Arm kundtun.

Gestern bin ich zum ersten Mal - meinen neuen Rucksack auf dem Rücken - ohne meinen Mann in das nur wenige Minuten von unserer Wohnung entfernte Einkaufs-Center gegangen. Mit Stock natürlich. Es war ein ganz tolles Gefühl, so wie früher mit dem Einkaufswagen an den unterschiedlichen Warenständen vorbei zu schlendern und spontan dieses und jenes aussuchen und in den Einkaufwagen legen zu können. Natürlich ist mein Mann bei unseren gemeinsamen Einkäufen immer sofort auf meine Wünsche eingegangen, aber ganz alleine zu entscheiden, was man mitnehmen will oder nicht, ist doch etwas gänzlich anderes.

An der Kasse hatte ich die ersten, wenn auch unbedeutenden Schwierigkeiten: Zum einen hatte ich Mühe, das Portemonnaie bei der Entnahme des Kleingeldes mit der linken Hand sicher zu halten, zum anderen musste ich mich, da mein Mann bisher immer sämtliche Bezahlungen getätigt hatte, erst einmal wieder an die Euro-Münzen gewöhnen. Obwohl die Umstellung von der D-Mark zum Euro bereits 2002 erfolgte, waren sie mir in den zweieinhalb Jahren meiner Unselbständigkeit schon wieder fremd geworden. Nachdem diese kleine Hürde mit Hilfe der schmunzelnden Kassiererin genommen war, ging es ans Einpacken. Jetzt merkte ich erst, dass ich vor lauter Begeisterung weit mehr eingekauft hatte, als ich ursprünglich wollte und hatte meine liebe Not, die Waren in meinem relativ kleinen Rucksack unterzubringen. Nachdem ich ihn mit einiger Anstrengung auf den Rücken gehievt hatte, trat ich höchst zufrieden und frohgemut den Heimweg an.

17 Monate nach meinem Schlaganfall:

Um vor unserem in knapp zwei Wochen beginnenden Urlaub nichts zu riskieren, fahre ich jetzt nur kurze Strecken mit dem Rad und mache mit meinem Mann auch keine größeren Spaziergänge. Statt dessen gehe ich bei dem herrlichen Spätsommerwetter lieber ein wenig auf dem hinter unserem Haus befindlichen Rasen hin und her und beginne jetzt bereits langsam mit dem Kofferpacken, was für mich jedoch weitaus mühsamer ist, als ich gedacht hatte. Laut Wetterbericht soll es eine Woche lang so schön bleiben!

Erfreulicher Weise wird auch mein von der Lähmung betroffener Arm nach und nach kräftiger. So konnte ich gestern, mehrere für den Urlaub benötigte Kleidungsstücke über den linken Arm gelegt, die Treppenstufen vom Keller bis zur ersten Etage ohne weiteres hochsteigen, was mir jedoch im Nachhinein eine Rüge meines Mannes einbrachte.

Auch beim Duschen und selbst beim Kopfwaschen stehe ich inzwischen so sicher auf der rutschfesten Matte, dass ich heute den auf dem Badewannenrand angebrachten Behindertensitz aus dem Badezimmer verbannt habe. Langsam, ganz langsam scheint sich so manches zu normalisieren!

18 Monate nach meinem Schlaganfall:

Als der Tag unsere Abreise gekommen war, fuhren wir mit dem Zug bis unmittelbar vor den Frankfurter Flughafen. Von dort aus war uns telefonisch eine Behindertenbetreuung zugesagt worden. Leider hatte die für die Ungarnreisen zuständige Reisegesellschaft es versäumt, die entsprechende Flughafenstelle hiervon in Kenntnis zu setzen. Dies hatte zur Folge, dass alle für den Transport behinderter Menschen vorgesehenen Autocars bereits vergeben waren, sodass wir notgedrungen zu Fuß bis zu unserem Terminal laufen mussten.

Da ich während der letzten Woche vor unserer Ungarnreise alle körperlichen Anstrengungen vermieden hatte, fühlte ich mich am Anreisetag erstaunlich fit, wozu sicherlich auch meine frohe Stimmung und die günstige Großwetterlage beitrugen. Ich konnte überraschend gut gehen und (den Stock in der Rechten und einen mittelgroßen, vollgepackten Rucksack auf dem Rücken) meinem vorangehenden Mann folgend, über zahlreiche ziemlich steile Rolltreppen hinweg die weitläufigen Wege auf dem Frankfurter Flughafen dank einiger kleiner Pausen einigermaßen gut bewältigen!

Da sich mein lieber, die Koffer schleppender Mann immer wieder besorgt nach mir umschaute, habe ich mich trotz der vielen, zum Teil dicht an mir vorbeieilenden Menschen und trotz der überall auf dem Flughafengelände herrschenden Betriebsamkeit keinen Moment unsicher gefühlt! Welch ein Unterschied zu früheren Tagen, an denen mich schon in Einkaufszentren ein mulmiges Gefühl beschlich. Und wieder einmal wurde mir freudig bewusst, wie selbständig ich inzwischen schon geworden war.

Als wir - erleichtert, dass alles so gut geklappt hatte - im Flugzeug Platz genommen hatten, die Motoren zu dröhnen begannen und es kurz danach vom Boden abhob, fühlte ich mich wie befreit!

Mir war, als würde ich nicht nur Frankfurt, sondern auch so manchen seelischen Ballast hinter mir lassen und nach der schwierigen hinter mir liegenden Zeit mit meinem Mann in eine völlig neue Phase unseres Lebens und meiner Rehabilitation hineinfliegen! Dass meine Muskeln am nächsten Tag total streikten, empfanden wir als völlig normal.

Obwohl wir an keinen der angebotenen, sicherlich recht interessanten Tagesausflüge ins Landesinnere oder nach Budapest teilgenommen haben, da langes Busfahren für mich noch zu anstrengend war, haben wir die Wochen in Ungarn so richtig genossen.

Neben dem „Tapetenwechsel", der Klimaveränderung, den bei unseren kurzen Taxi-Rundfahrten gewonnen Reiseeindrücken und den anregenden Gesprächen mit anderen Urlaubern, war es vor allem das ganz bewusste „Innnehalten", das uns beiden spürbar gut tat! Keine krankengymnastischen oder ergotherapeutischen Übungen, das totale Abschalten-Können, das Losgelöst-Sein von den vielen kleinen Alltagspflichten! Wie recht mein Ergotherapeut doch hatte!

Natürlich gab es während des Urlaubs auch Tage, an denen ich mich körperlich weniger wohl fühlte, das Gehen schwer fiel und ich mich zwischendurch immer wieder hinlegen musste. Während ich, die mich umgebende Ruhe und die warmen Sonnenstrahlen genießend, in einem Liegestuhl auf dem Balkon lag, gingen mir so mancherlei Gedanken durch den Kopf.

Wie viele der durch den Schlaganfall verloren gegangenen Fähigkeiten hatte ich, nicht zuletzt dank der liebevollen Fürsorge meines mir immer wieder Mut machenden Mannes und der Tüchtigkeit meiner Therapeuten, bereits wiedererlangt! Und selbst jetzt - 18 Monate nach diesem Trauma - lassen sich zu unserer großen Freude immer noch Fortschritte beobachten.

Natürlich hoffte ich derzeit voller Zuversicht und hoffe ich auch heute noch, meinen Gang und meine Fertigkeiten weiterhin verbessern zu können und so selbständig zu werden, dass ich trotz mancher Bewegungseinschränkungen unser Rentner-Leben noch aktiver als bisher mitgestalten kann!

Mir ist allerdings klar, dass mit zunehmendem Alter die Regenerationsfähigkeit eines Organismus in mancherlei Hinsicht nachlässt und größere Erfolgserlebnisse trotz täglicher Übungen immer seltener sein werden. Deshalb nahm ich mir in Ungarn fest vor, verbleibende Behinderungen zu akzeptieren und dem Rat meiner Mutter zu folgen, welche kurz nach ihrem 95. Geburtstag, als wir uns einmal über das Älterwerden unterhielten, zu mir sagte:

„Wenn man im höheren Alter so heiter und zufrieden bleiben möchte, wie ich es bin, darf man nie mit dem Schicksal hadern und voller Selbstmitleid auf das schauen, was man nicht mehr kann, sondern muss lernen, dankbar und fröhlich auf das zu blicken, was man trotz des hohen Alters oder trotz eventueller Gebrechen noch alles kann!"

Keiner von uns beiden konnte damals ahnen, wie wichtig diese so positive und von ihr stets vorgelebte Lebenseinstellung auch für mich einmal sein würde ....

Schlussbetrachtung

Wenn man - so stellte ich mir eines Tages beim Durchlesen meiner Niederschrift vor - die von mir aufgezeichneten Leistungshochs und Leistungstiefs in ein Koordinatensystem übertragen und die einzelnen Punkte miteinander verbinden würde, ergäbe dies mit Sicherheit ein sehr aussagekräftiges und erfreuliches Bild:

Man sähe eine zwar wellenförmige aber stetig ansteigende Linie, welche in anschaulicher Weise offenbaren würde, dass nicht nur die einzelnen Wellenberge sondern auch die nachfolgenden Wellentäler von Welle zu Welle ein immer höher werdendes Leistungsniveau zeigen.

Dieses Kurvenbild ließ mich unwillkürlich an die jeden Pfingstdienstag in Luxemburg stattfindende Echternacher Springprozession denken, bei der die frommen Pilger, obwohl sie nach drei Vorwärtsschritten immer wieder zwei Schritte zurückspringen, mit jedem Dreiersprung ein Stück des Weges vorankommen und sich somit unaufhaltsam - wenn auch in einer recht seltsamen und zeitraubenden Weise - ihrem Ziele nähern.

Den wallfahrenden Pilgern vergleichbar, bin auch ich trotz aller Rückschläge auf dem langen Weg meiner Rehabilitation langsam aber stetig vorangekommen, wobei meine Geduld allerdings oftmals auf eine harte Probe gestellt wurde!

Am Ende dieser Niederschrift möchte ich mich noch einmal sehr herzlich bei allen unseren Freunden und meinen

Therapeuten bedanken, die meinem Mann und mir in den vergangenen eineinhalb Jahren so hilfreich zur Seite gestanden haben und hoffe, dass sie mich auch weiterhin auf meinem Weg in eine größtmögliche Selbständigkeit begleiten werden!
